FUERA DE SU ALCANCE

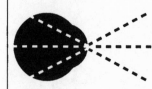

FUERA DE SU ALCANCE

Heather MacAllister

Thorndike Press • Waterville, Maine

Published in 2004 by arrangement with Harlequin Books S.A.
Publicado en 2004 en cooperación con Harlequin Books S.A.

Thorndike Press® Large Print Spanish.
Thorndike Press® La Impresión grande española.

The tree indicium is a trademark of Thorndike Press.
El símbolo del árbol es una marca registrada de Thorndike Press.

The text of this Large Print edition is unabridged.
El texto de ésta edición de La Impresión Grande está inabreviado.

Other aspects of the book may vary from the original edition.
Otros aspectros de éste libro podrían variar de la edición original.

Set in 16 pt. Plantin.
Impreso en 16 pt. Plantin.

Printed in the United States on permanent paper.
Impreso en los Estados Unidos en papel permanente.

Library of Congress Cataloging-in-Publication Data

MacAllister, Heather.
    [Out of her reach. Spanish]
    Fuera de su alcance / Heather MacAllister.
        p. cm.
    ISBN 0-7862-6354-7 (lg. print : hc : alk. paper)
    1. Large type books.   I. Title.
PS3563.A2324O87 2004
    813'.6—dc22   2003071137

FUERA DE SU ALCANCE

Prólogo

—Has vuelto a poner esa sonrisa sensiblera de dama de honor —dijo Gwen Kempner entre dientes para mantener la suya, falsa pero en absoluto sensiblera. No era que no se alegrara por la novia, sino que su alegría se basaba en un conocimiento profundo de las relaciones entre hombres y mujeres.

Relaciones desastrosas, a decir verdad. Por tanto, ni las bodas ni los «fueron felices y comieron perdices» le suscitaban el menor sentimentalismo. Ni siquiera los «fueron felices y comieron perdices» sin boda de por medio.

Kate, su mejor amiga y también dama de honor, suspiró con expresión soñadora.

—Pero mírala, Gwen.

Gwen obedeció y miró a Chelsea, su otra mejor amiga, que lucía una sonrisa igual de sensiblera y contemplaba con adoración a Zach, el novio. Gwen decidió perdonársela; a fin de cuentas, era la novia.

—Está tan bonita... —volvió a suspirar Kate.

«Oh, no». Kate se estaba pasando al lado oscuro. Gwen la miró con aspereza.

—Vamos, Kate, ya hemos hablado de esto. Las novias están bonitas porque son inmunes a la realidad. Tienen que serlo para justificar el precio desorbitado de un vestido que solo van a ponerse una vez. Se les pasa en cuanto abonan la limpieza en seco de la reliquia.

—Pero se la ve tan feliz, Gwen. Puede que...

—Sé fuerte y repite conmigo: no necesito un hombre para ser feliz.

—No sé... ¿Te has fijado en el padrino?

—Pues claro. Pero luego me imaginé repartiendo cervezas entre él y sus amigotes todos los fines de semana de la temporada de fútbol, mientras ven un partido en la televisión de pantalla plana que él ha embutido en mi salón. Se me pasó enseguida.

—Echas de menos la televisión de pantalla plana, reconócelo.

Kate se estaba refiriendo a la última relación seria de Gwen, que había tenido que mudarse de su propio apartamento para poder romper, porque su ex se negaba a mover la televisión, máquinas de ejercicios y equipo estéreo, que eran de él. Así que Gwen renunció a su sofá, el cual, de todas formas, había sufrido varias lluvias ácidas de ketchup y salsa de queso. Como desalojó el apartamento un domingo de la Super Bowl, su ex no se dio cuenta hasta el día siguiente.

—¡Mira! —Kate la agarró del brazo—. ¡Va a arrojar el ramo!

—Gracias por avisar —Gwen empezó a retroceder entre el grupo de pobres mujeres engañadas que las rodeaban.

Ah, no; de eso nada —Kate tiró de ella, y Gwen se tambaleó hacia delante en el preciso instante en que Chelsea arrojaba el ramo. Kate, la muy traidora, la soltó para intentar atraparlo, y Gwen cayó de rodillas.

El ramo pasó volando por encima de su cabeza. Se oyó un chillido y el ruido de una pelea no muy decorosa. Gwen se levantó y sorprendió la mirada intensa de Chelsea. Se quedó helada. Su amiga sostenía en la mano un objeto mucho más letal que un mero ramo de novia.

—¡La falda no!

Antes de que Gwen pudiera reaccionar, Chelsea ya le había arrojado la prenda a estilo Frisbee. Gwen elevó los brazos automáticamente para protegerse y la falda se le enganchó en la mano y le entró por la cabeza, ciñéndose a ella como si llevara pegamento.

—¡No! —Gwen, ¡qué suerte tienes! Has atrapado la falda —oyó decir a Kate a su espalda mientras se arrancaba la falda de la cabeza—. Y yo que me había lanzado por el ramo...

—Te la cambio. ¿Quieres?

—Claro que quiero, pero no se puede. Ya conoces las reglas.

—¿Reglas? No hay reglas.

—Claro que sí. La que la atrapa se la pone. Si no, es como romper una de esas correspondencias en cadena o algo así.

—Kate, no es más que una falda.

—Pero no es una falda cualquiera.

—¡Sí! Eso es exactamente lo que es.

—Dos mujeres han encontrado al hombre de sus sueños gracias a esa falda y tú crees que es una prenda normal y corriente. Allá tú, pero yo creo en la magia.

—No —gimió Gwen—. Es un cuento chino que Torrie se inventó. Vamos, Kate.

Se había hecho un silencio sepulcral entre el grupo de mujeres solteras que se habían congregado para atrapar el ramo. Las estaban escuchando con suma atención.

—¿Es esa la falda de la isla de la que Torrie nos habló? ¿Puedo tocarla? —preguntó una.

Otra debió de pedirle a Kate una explicación, porque esta empezó a relatar la historia de Torrie, su amiga del colegio, sobre la tela que las mujeres de una isla tejían con un hilo especial. Cuando una joven de edad casadera recibía la tela, lograba encontrar al amor de su vida. El grupo de mujeres profirió una exclamación colectiva de admiración.

—Sí... Lo leí en una revista —dijo una.

—¡Chicas! —Gwen chasqueó los dedos, contrariada—. Os recuerdo que estamos en el siglo XXI.

Pero nadie le hizo caso; seguían pendientes de las explicaciones de Kate.

—... y la falda pasa de novia a novia.

Miradas calculadoras se posaron en Gwen.

—Vamos, póntela.

—Sí, no pierdas el tiempo.

—Cámbiate en el tocador de la novia —Kate tenía una mirada que Gwen no había visto nunca—. Luego me toca a mí; no me hagas esperar mucho —la agarró del brazo y la arrastró hacia el tocador—. Creo que la banda va a seguir tocando una hora más, y ese primo tan mono que tiene Chelsea está soltero.

—¡Kate! —Gwen la miró con fijeza—. Escúchame, no quiero esta falda —hizo un ovillo con la tela e intentó arrojársela a su amiga—. ¡Ay! —sintió un pinchazo en brazos y manos. Atónita, bajó la vista, esperando ver un sarpullido o algo parecido.

—¿Qué te pasa? —preguntó Kate.

—No lo sé. Puede que sea alérgica a las telas ceñidas. O eso, o me ha picado una araña.

—¡Con el repelús que me dan! —Kate retrocedió.

Gwen sacudió la falda. Al hacerlo, la luz tenue del salón de bodas se reflejó en la tela, confiriéndole un brillo seductor. Gwen reparó en su tacto suave y lujoso; era tela de calidad. Miró cómo le quedaba y vio que apenas le rozaba las rodillas; ni demasiado corta ni demasiado recatada. No tenía tanta ropa como para desechar una falda negra clásica y fácil de combinar.

—Igual me la quedo, a pesar de todo —le dijo a Kate.

Pero Kate y los demás invitados ya se alejaban hacia la puerta del salón de banquetes. Gwen dobló la falda con más respeto y se la colgó del brazo. La sensación de picor había desaparecido por completo, y la falda se balanceó sobre su brazo con un movimiento sensual... casi una caricia. ¡Qué extraño!

Lo bastante extraño para ponerle los pelos de punta.

Mientras corría para alcanzar a Kate, se detuvo un momento para hacerse con una bolsa de alpiste que poder arrojar a Chelsea y a Zach.

Todo el mundo se había apiñado a la entrada del edificio. Vio a Kate junto al coche de los novios, y su amiga le hizo señas para que se acercara. Mala idea, porque les llovió tanto alpiste como a Chelsea.

Chelsea entró en el coche riendo y tirando de la cola del vestido. Se despidió con la mano.

Ya veréis, la próxima vez que nos juntemos será en la boda de Gwen.

Gwen desplegó su sonrisa de dama de honor y se despidió con la mano. Si de verdad pensaban eso sus dos amigas, no volverían a verse hasta pasado mucho, mucho tiempo.

Capítulo Uno

—A ver si lo he entendido bien. ¿La novia te arrojó una falda que atrae a los hombres?

Gwen metió a duras penas su voluminosa bolsa de viaje en el maletero de su amiga.

—Que, «según la novia», atrae a los hombres. Y no a cualquier hombre, sino al amor de tu vida. Hasta se han publicado artículos sobre el tema. ¿No es de risa? —la apremió Gwen al ver que no ponía los ojos en blanco ni prorrumpía en carcajadas.

—A mí me parece enternecedor.

¿Enternecedor? Gwen había sentido la necesidad de hablar con una mujer racional e inmune a las bodas. Laurie VanCamp, una amiga del trabajo que había ido a recogerla al aeropuerto, era la persona ideal. Al menos, eso había creído; pero no estaba tomándoselo a risa, como había esperado.

—Cuéntame otra vez la historia.

Gwen se la relató por segunda vez mientras salían del Bush Airport de Houston, se incorporaban a la autovía y se dirigían al apartamento que Gwen tenía en la zona de Galleria. Gwen no tardó en arrepentirse de haber mencionado el asunto.

—¿Cómo es la falda? —preguntó Laurie.

—Negra, ceñida, pero clásica, hasta la rodilla: nada especial.

—¿Y ya ha probado alguien si funciona?

—Más o menos.

—¿La ha probado alguien o no?

«Dios».

—Sí, supongo que sí.

—¿Y funciona? —Laurie se lo estaba tomando demasiado en serio.

—¿Cómo voy a saberlo? —le espetó Gwen.

—¿Cuántas mujeres conocieron a sus maridos con la falda puesta? —preguntó su amiga con paciencia exagerada.

—Las dos —suspiró.

Laurie le lanzó una mirada de perplejidad; después, volvió a clavar los ojos en la autovía.

—¿Y tu problema con la falda es...?

—¿Aparte de no tragarme la historia? Que no quiero un hombre.

—Claro.

—¡En serio! Te quitan demasiado tiempo y energía. Y no son fiables. Aquí tienes la prueba: has tenido que venir a recogerme al aeropuerto porque el tipo que me está cambiando el aceite del coche no ha cumplido el plazo que me prometió.

—El último domingo de diciembre está

plagado de partidos de liga, por no hablar de las eliminatorias de la Super Bowl. ¿Qué esperabas?

—¡Esperaba que cumpliera su palabra! Debí imaginármelo, pero su condición de vecino me hizo olvidar su condición de hombre.

—Te está haciendo un favor... Dale un respiro.

—Voy a pagarle. Y ¿por qué no haces más que disculparlo? Me ha dejado tirada en el aeropuerto cuando ha dispuesto de tres días enteros para cambiar el aceite de mi coche. No tendrías que haber echado a perder la tarde del domingo para que él pudiera ver un partido de fútbol —movió la cabeza—. No quiero envenenarme. Los hombres son como un pasatiempo obsesivo que te da más problemas que diversión. Prefiero concentrarme en mi futuro profesional.

—Como si el mundo necesitara más cafeína.

—Eh, tú también trabajas en Kwik Koffee.

—Sí, pero si vas a renunciar a los hombres, debería ser por algo noble, como buscar una cura para el cáncer, hacerte astronauta o algo así.

—¿Lo ves? Acabas de darme la razón. Habría más mujeres en esas profesiones si no tuvieran que pasarse el tiempo atendiendo a los hombres.

—Entonces, búscate uno que no sea un cretino, como Eric.

Como si fuera tan fácil.

—No sabía que Eric era un cretino cuando salíamos juntos —apretó los dientes para no hacer un listado de sus defectos por enésima vez.

—Pero todavía sufres por su culpa. Gwen, cariño, es hora de romper la cadena y seguir adelante.

—Y eso estoy haciendo, pero sola. En serio, estoy harta de los hombres. No los necesito.

—Claro que los necesitas —Laurie le dirigió una sonrisa irritante.

—¿Por qué? Tengo un empleo, un bonito apartamento, unos zapatos italianos de tacón de aguja y un vibrador. ¿Para qué necesito un hombre?

—Mmm... ¿Para que te haga compañía?

—Recuérdame que me compre un perro: no dan, tantos problemas.

—Está bien, entonces... —Laurie se enderezó, como si se estuviera preparando físicamente para dar el golpe de gracia a la conversación—. Hijos —se recostó en el asiento y aguardó la reacción de Gwen.

—Se tarda más en amaestrarlos que a los perros. Y que a los hombres.

—El cinismo no te favorece —Laurie puso el intermitente y tomó la salida de Westheimer.

—Claro que sí. He ensayado una expresión mundana de hastío que me hace parecer atractiva y refinada —Gwen le hizo la demostración aprovechando que se habían detenido ante un semáforo en rojo.

—Te saldrán arrugas.

—Para eso están las inyecciones de colágeno. Laurie frunció el ceño: una expresión con la que a ella sí que le saldrían arrugas en la frente. Decidió no mencionarlo.

—Entonces, no vas a ponerte la falda.

Otra vez la falda.

—Sí, me la pondré. Pero no voy a salir a cazar hombres con ella.

—No puedo creer que seas tan egoísta. Has dicho que a tu amiga Kate le toca ponerse la falda después, si todavía sigue soltera. Y luego será para quien la atrape primero, y yo quiero una invitación a esa boda.

—¿Tan desesperada estás por cazar a un hombre?

—Si no recuerdo mal, la falda atrae a los hombres en general antes de que aparezca el amor verdadero. Promete ser muy divertido —suspiró Laurie.

¿Qué había sido de la mujer independiente, competente e implacable con la que trabajaba?

—Nuestras antepasadas se horrorizarían si oyeran esta conversación. ¿Qué ha sido de las protestas por la igualdad de derechos...?

—Lo único que consiguieron con eso fue acabar con los pechos caídos.

—¿... para que sus hijas, nosotras, pudiéramos elegir cómo vivir nuestras vidas?

Laurie se encogió de hombros; estaba entrando en el complejo de apartamentos de Gwen.

—Pues yo elijo vivirla con un hombre.

—Y yo sola.

Laurie la miró de soslayo.

—Ya se ha debido de correr la voz, porque no te he visto con muchos hombres a los que eludir últimamente.

Gwen se puso tensa.

—Entonces, no has visto bien.

—¿De verdad? ¿Cuándo fue la última vez que un hombre te invitó a salir?

—Bueno...

—No un compañero de trabajo, sino un posible marido: soltero, sin compromiso, honrado e interesado.

—¿Interesado en qué?

—En una relación.

—¿Vale con una relación superficial? —preguntó Gwen con cinismo.

—En tu caso, sí. Dime, ¿cuándo?

Gwen sonrió, triunfante.

—¿Te acuerdas del primo de Paddy O'Brien?

—¿Paddy O'Brien, el dueño del pub irlandés?

—El mismo. Cuando su primo vino a verlo desde Irlanda el día de San Patricio, Paddy nos emparejó para la fiesta de la cerveza. Claro que tuvo que trabajar en la barra.

Laurie guardó silencio un momento.

—Más superficial no puede ser.

—¡Eh!

Laurie encontró una plaza libre delante de la vía de acceso al complejo de Gwen. Aparcó y la miró a los ojos.

—¿Consideras una cita estar cerca de un tipo durante una fiesta de cerveza?

—Claro.

—Pero si no te llevó a ninguna parte, ni se gastó dinero en ti, ni estuvisteis solos... Por no hablar de la posibilidad de que tuviera una novia en su patria, lo cual no importa porque no lo has vuelto a ver.

—El hombre ideal, ¿no crees?

—Pero Gwen... ¿Cómo es posible que no quieras salir con nadie?

—Porque salir con un hombre es el primer paso para tener una relación.

—Eso querrías tú.

20

—No, no quiero. Me gusta mi vida tal como está, gracias. Y deberías animarme. He reconocido el patrón de mis errores e intento romper el hábito.

—Pero romper el hábito no significa renunciar a *todos* los hombres; solo a los que no te convienen.

Gwen elevó las manos.

—¡Pero nunca sé quiénes son los que no me convienen hasta que no es demasiado tarde!

—¿Y la falda no está para eso?

—Olvídate de la falda —Gwen puso los ojos en blanco.

—No quiero olvidarme. Póntela hasta que un hombre te invite a salir y luego pásasela a otra que la valore antes de que lo rechaces.

—Se supone que hay que arrojarla en una boda, ¿recuerdas? Kate es la siguiente.

Laurie sonrió.

—Y me encantaría arrojársela. Déjame verla antes de que te vayas.

—Como quieras.

Las dos salieron del coche y Gwen se despojó del abrigo, dando gracias por el tiempo suave de Texas después de las temperaturas gélidas de Nueva York. Laurie abrió el maletero y Gwen la maleta. La falda estaba encima a la vista.

Laurie la sacó y la desplegó.

—No es más que una falda negra —dijo, decepcionada—. ¿Cómo logrará atraer a los hombres? —lanzó una mirada especulativa a Gwen—. Póntela para mi fiesta de Nochevieja. La pondremos a prueba.

—No sabía que fueras a celebrar una fiesta.

—Yo tampoco; ha sido una decisión repentina.

—Dame eso —Gwen le quitó la falda de las manos y volvió a guardarla en la maleta.

—Sigo pensando en celebrar la fiesta.

—Todo el mundo se ha hecho ya sus planes.

—¿Tú tienes planes? —preguntó Laurie.

—Bueno, suelo ir a casa de mis padres... ¡Deja de mirarme así! —Gwen sacó la pesada bolsa del coche de Laurie.

—¿Cómo quieres que te mire? Suena patético.

—Pues no lo es. Invitan a muchas personas... y sirven champán francés cuando dan las doce —añadió con un ápice de desesperación al ver que Laurie seguía mirándola con creciente lástima—. Además, no me vendrá mal profesionalmente tratar con sus amigos.

Laurie clavó la mirada en la lejanía.

—Sus amigos podrían tener hijos —asintió—. Sí, podría estar bien. Yo también iré.

—¡No estás invitada!

—¿Por qué no?

—¿Y tu fiesta?

Hizo un ademán de desprecio.

—Todo el mundo se habrá hecho ya sus planes.

—No encontrarás ningún hombre, al menos, de tu edad. Son los amigos de mis «padres».

—¿Y yo no puedo ser amiga de tus padres?

Su madre le había sugerido a Gwen de pasada que fuera con «alguien». Gwen sabía que se había referido a un hombre, un escudo con el que repeler el interrogatorio anual sobre su soltería. Miró a Laurie. Ir acompañada de una chica podría ser aún mejor, mucho mejor. No volverían a preguntarle eso de: «¿Cuándo vas a casarte?».

—Está bien —accedió.

—Genial. ¿Hay que llevar algo?

—No, ya se encarga de todo la empresa de catering. Ah, y siempre me quedo a dormir, así que tráete el pijama.

—Oh, no, pijamas no. ¿Y si me ve alguien?

Laurie era rubia, joven y estaba de buen ver. De muy buen ver. A los más viejos empezaría a pitarles el marcapasos.

—Tráete un albornoz.

—No, no me has entendido. Puede que quiera que me vean.

—Te he entendido perfectamente. Franela gruesa o no hay fiesta.

—Eso no es muy festivo —replicó Laurie, haciendo pucheros.

—Ya hablaremos mañana —dijo, sin comprometerse, y empezó a arrastrar la maleta hacia el aparcamiento techado—. Gracias por venir a recogerme —se volvió para despedirse con la mano y a punto estuvo de abofetear a su amiga porque la tenía justo detrás—. ¿Qué haces?

Laurie señaló con discreción el coche japonés gris marengo de Gwen.

—¿Qué hacen esas piernas debajo de tu coche?

Gwen ya había visto las piernas envueltas en vaqueros cortos deshilachados. Su vecino había subido medio coche a la acera para que las ruedas delanteras quedaran, elevadas. Desde donde estaban, también podían ver la franja de abdomen musculoso que quedaba al descubierto. Gwen inspiró con irritación.

—Cambiar el aceite.

Laurie tragó saliva de forma audible.

—No necesitas esa falda. Dámela ahora mismo.

Era evidente que Laurie no pensaba irse sin ser presentada. Aunque Gwen había renunciado a los hombres, no quería presenciar la reacción de su vecino a Laurie en actitud comehombres. Mantenía con él una

24

bonita no-relación y Laurie podía echarla a perder.

Sinceramente, no sabía cómo lo hacía pero Laurie sufría una metamorfosis. No era solo que inclinara los hombros hacia atrás y que se lamiera los labios; caminaba de otra manera. Y su expresión: buscaba el contacto visual con furor.

Solo por experimentar, Gwen intentó establecer contacto visual con las piernas de su vecino. No funcionó, y no solo porque este escogió aquel preciso instante para salir de debajo del coche, proporcionándoles una visión fugaz pero memorable de su tórax.

Gwen se atragantó con su propia saliva.

—¡Gwen! ¡Has vuelto! —se levantó del pavimento manchado, se sacudió las manos en la parte trasera del pantalón, tomó un trapo rojo y se las frotó.

—Hola, Alec. Esta es... —pero Laurie ya se había adelantado.

—Hola. Soy Laurie —susurró con voz sensual.

—Laurie, este es mi vecino, Alec Fleming —dijo Gwen en el mismo momento en que Alec estrechaba la mano de Laurie y se presentaba.

Era obvio que su labor allí había terminado. En circunstancias normales, se marcharía discretamente, pero quería presenciar el espectáculo. Además, necesitaba saber si el coche estaba listo.

Laurie se acercó a él mecánicamente. Alec, por su parte, tenía las yemas de los dedos introducidas en los bolsillos de atrás, una pose que realzaba la amplitud de su pecho y le permitía presumir de bíceps, pues llevaba una sudadera con las mangas cortadas. Los bordes irregulares de la prenda realzaban sus hombros.

Ah, rituales de emparejamiento. Laurie parecía perpleja y no tan segura de sí como acostumbraba. Gwen comprendía por qué. Aun cubierto de grasa, o quizá por eso, Alec estaba imponente.

Pero solía estarlo. Tenía la suerte de contar con una tez dorada sin necesidad de exponerse a los efectos nocivos del sol. Desde que había renunciado a los hombres, Gwen ya no se sometía a sesiones de exfoliación y autobronceado en las que permanecía con los brazos extendidos durante casi toda la «película de la semana» confiando en que nadie la estuviera espiando por la rendija que quedaba entre sus cortinas.

Hombres. Daban demasiado trabajo. Movió despacio la cabeza.

—Te agradezco que hayas traído a Gwen a casa —Alec se volvió lo justo para incluir a Gwen en su encantador círculo.

—Gwen es amiga mía, no ha sido nada —susurró Laurie—. ¿Y no ha sido todo un detalle por tu parte cambiarle el aceite?

La voz de Laurie había adquirido un tono meloso ajeno a ella. Gwen la miró con los ojos entornados, pero su amiga no se dio cuenta. Alec tampoco; estaba demasiado ocupado desplegando una sonrisa.

—¡Va a pagarme!

Un detalle que Gwen le había revelado a Laurie. La tranquilizó un poco que Alec lo reconociera. Estaba a punto de quejarse de que no hubiera tenido el coche listo a tiempo, cuando Alec prosiguió.

—Y me he ganado hasta el último centavo —bajó las cejas a modo de reproche burlón—. ¿Se puede saber cuándo cambiaste el aceite por última vez? El filtro estaba tieso.

Gwen se puso súbitamente a la defensiva.

—Es que…

—Y como elegiste un coche de importación, tuve que pedir prestado un juego de herramientas del sistema métrico, y no me di cuenta de que lo necesitaba hasta que no vacié todo el depósito del aceite —se frotó la frente con el dedo índice, dejando una leve mancha que no le mermaba ni un ápice su atractivo—. Debí haberlo hecho antes, lo reconozco —prosiguió—. Pero mi cuñado no me trajo sus herramientas hasta el intermedio.

Texas juega contra Pennsylvania —explicó.

—Ah, claro —dijo Gwen, como si siguiera la liga de fútbol universitario. Después de Eric, había colmado su cupo de partidos.

—No te preocupes, no ha sido ninguna molestia ir a recogerla —Laurie seguía sin moverse, seguramente para darle a Alec la oportunidad de decir algo así como: «Déjame que te invite a cenar para compensarte».

No lo haría, pensó Gwen. Alec Fleming estaba empezando su propio negocio y no tenía dinero. Gwen sospechaba que lo había tenido antes por un par de referencias que había hecho sobre su anterior trabajo en la empresa de su familia, pero en aquellos momentos estaba sin blanca. Por eso se había ofrecido a cambiarle el aceite en lugar de permitirle que lo llevara al taller, coma solía hacer.

—Entonces, ¿el coche está listo? —preguntó Gwen.

—Por fin —Alec puso los ojos en blanco.

—Reprimiendo una sonrisa, Gwen hurgó en su bolso.

—No pienso pagarte ni un centavo más de lo acordado.

—¿Cómo? ¿Ni una propina?

—Lo único que te propinaría es una buena paliza por haber salido a la calle en pantalones cortos —le entregó un billete de diez dólares.

—No noto frío. Además, tengo toda la ropa sucia —atrapó el billete, lo miró al trasluz y lo besó—. ¡Dinero para la lavandería!

Mientras reían, Gwen miró a Laurie. Su expresión, antes interesada y alentadora, había dado un giro de ciento ochenta grados. Gwen vio cómo miraba Alec y lo comprendió. En lugar de un novio y un buen partido en potencia, Laurie veía a un mecánico atractivo pero arruinado, sin ambición ni futuro. Sonrió. Como la mayoría de las mujeres de su edad, contaba con un novio así en su historial y, aunque eran divertidos, con uno bastaba.

Alec no era como Laurie lo imaginaba, y Gwen la sacaría de la confusión si su amiga se lo pidiera. Pero ¿qué culpa tenía ella si Laurie no le hacía ninguna pregunta sobre Alec?

—Tengo que irme —dijo Laurie—. Encantada de conocerte —se despidió de Alec con una brusca inclinación de cabeza—. Te llamaré —le dijo a Gwen.

Gwen advirtió que Alec había dejado de hacer el amor a su billete de diez dólares para contemplar cómo se alejaba Laurie.

—Bonita —dijo, y eso que Laurie estaba caminando con normalidad.

—Sí.

—Pero no está al alcance de mis bolsillos.

—¿Qué quieres decir?

Al oír su tono áspero, Alec se volvió hacia ella. Un segundo después, cayó en la cuenta.

—¡No! Eh, lo único que quería decir es que cuesta dinero mantener a una mujer como esa. Hay que llevarla a pubs y a restaurantes, y la cuenta sube muy deprisa... Y lo único que hago es hundirme cada vez más en el hoyo, ¿verdad? —le dirigió una sonrisa cautivadora de pesar. Alec tenía encanto de sobra, y lo sabía.

—Si te hundes un poco más, habrá eco.

Alzó las dos manos, ambas manchadas de grasa.

—No pretendía insultar a tu amiga.

—Lo sé. No importa —de todas formas, Gwen estaba de acuerdo con él, pero no iba a traicionar a la hermandad de mujeres reconociéndolo.

—Ah, y tampoco he querido decir que no mereciera la pena gastarse los pavos por ti.

Ojalá no lo hubiera dicho. Los dos sabían que ella no era como Laurie y, sinceramente, Gwen estaba a favor de todas las Laurie del mundo. ¿Por qué no debían valorarse lo bastante para exigir a los hombres que hicieran un esfuerzo? Por el esfuerzo que ella exigía, era una ganga aún mejor que un jersey de Navidad en las rebajas de enero. Debía cambiar.

Pero no quería hablar de ese tema con Alec, que seguía allí de pie, tratando de descifrar si estaba enfadada con él o no. Era un tipo decente, aunque típicamente masculino.

—Estoy en condiciones de hacerte sentir tan culpable que me invitarías a cenar fuera, ¿verdad?

Alec no sonrió, y Gwen sintió una punzada de esa misma culpabilidad por hacerlo sufrir. Pero solo una punzada.

—Déjame que disfrute de la sensación un momento... —inspiró hondo—. Ya está. Quedas absuelto.

Alec sonrió de oreja a oreja y se relajó visiblemente.

—Eres legal, Gwen —hizo un movimiento, y Gwen creyó que iba a darle un puñetazo cordial en el brazo pero, en el último minuto, elevó la mano y se pasó los dedos por el pelo—. Oye, deberías dar una vuelta en el coche para asegurarte de que va bien. Si quieres, puedo hacerlo yo —añadió con naturalidad.

Seguramente, tenía algún recado que hacer. A Gwen no le importaba, pero estaba sucumbiendo a su encanto más de lo que debería.

—¿Te importaría? —preguntó, como si le estuviera haciendo un enorme favor.

—¡Claro que no! —se palpó los bolsillos

de los pantalones y extrajo las llaves del coche—. Me pasaré por el súper a comprar detergente. ¿Necesitas alguna cosa? —Gwen lo negó con la cabeza—. Oye, ¿estoy bien? ¿No tendré un bigote de grasa o algo parecido...?

—Solo... —Gwen vaciló, después levantó el brazo y le frotó la leve mancha de la frente. Notaba que Alec la estaba mirando y confiaba en no hacer el terrible ridículo de sonrojarse.

Alec tenía pelo castaño y unos ojos castaños cálidos acordes con su cuerpo dorado y cálido. De acuerdo, lo del cuerpo cálido era una suposición basada únicamente en su frente, pero el resto era cierto. Gwen también tenía ojos y cabellos castaños, pero su color de pelo no era tan intenso porque había dejado de hacerse mechas. ¿Para qué? Había desistido de los hombres.

Tenía gracia la de veces que debía recordarlo. Sobre todo, cuando estaba con Alec.

Capítulo Dos

Alec estudió todos los detergentes y escogió el más barato de entre los de la marca del supermercado. Pasó de largo los suavizantes, un lujo que no echaba de menos, y se dirigió a los congeladores para ver si encontraba algún plato congelado por noventa y nueve centavos.

En cambio, se sintió tentado por las pizzas. No eran grandes, pero vendían tres por cinco dólares. Sin embargo, justo al lado, a cinco dólares el par, había pizzas más grandes y de una buena marca. Antes de poder arrepentirse, echó mano y tuvo el insensato impulso de comprar un pack de seis latas de cerveza doméstica. Los días de la cerveza de importación habían quedado atrás, al menos, de momento. Por desgracia, mientras permanecía delante de la nevera, advirtió que incluso un pack de seis quedaba fuera de su alcance, así que tomó dos botellines y se dirigió a la caja rápida.

«¿Se puede saber qué haces?». Era la voz de la razón, que se había mantenido notablemente callada cuando había aceptado el reto de su abuelo pero que siempre lo hostigaba cuando se planteaba darse un capricho últimamente.

Pero Alec sabía lo que hacía. Ya había hecho las cuentas y le quedarían suficientes monedas para tres lavados, aunque solo lo justo para secar dos. Así que arañaría cincuenta centavos de alguna parte o tendería los vaqueros en las sillas de la cocina durante un par de días. No pasaba nada.

Además de dejar a Gwen tirada en el aeropuerto, sabía que había herido sus sentimientos. Quizá «herir» fuera una palabra demasiado fuerte, porque Gwen no parecía la típica chica sensible y no tenían esa clase de relación, pero creía que debía tener un detalle con ella porque le caía bien. La consideraba su primera amiga. No una antigua novia de la que se había separado de mutuo acuerdo y con la que se encontraba de vez en cuando, sino una persona a la que había conocido desde que vivía en el apartamento de Westheimer. De hecho, pensaba en ella primero como persona y luego como mujer, si acaso llegaba a considerarla como tal; por eso había hablado sin pensar.

No sabía cómo, pero se habían saltado las complicaciones del trato entre chico y chica y eran amigos, sin más. Alec estaba casi seguro de que Gwen no salía con nadie, aunque no estaba pendiente de sus movimientos. Lo que sí sabía era que trabajaba más de la cuenta pero, claro, él también.

A decir verdad, trabajaba a todas horas. Tenía un empleo estupendo y sencillo de treinta horas a la semana como dependiente de una tienda de buscapersonas a la que podía llegar andando desde su apartamento. El resto del tiempo lo dedicaba a sacar a flote su negocio. Pero, aquella noche, descansaría un poco.

Alec le entregó a la cajera el billete de diez dólares, pidió el cambio en monedas de veinticinco centavos y se las metió en el bolsillo, advirtiendo que tenía el brazo manchado de grasa.

Había cambiado el aceite de un coche. Una sonrisa de satisfacción afloró en su rostro al caminar hacia el coche de Gwen. Era la primera vez que lo hacía. Por si las moscas, miró debajo del vehículo para ver si se había formado algún charco sospechoso.

No. ¡Perfecto!

Había tardado mucho, y había tenido que telefonear tres veces a su cuñado, pero lo había conseguido... Por desgracia, no a tiempo de ir a recoger a Gwen al aeropuerto, como habían acordado. También había sido una buena amiga al dejarle usar el coche sin obligarlo a suplicar. Había sido maravilloso poder desplazarse en automóvil durante el fin de semana. Había llenado el depósito aquella mañana, con lo cual se había quedado sin blanca, pero había avanzado mucho desde el viernes. Hablar cara a cara con los fabricantes, los publicistas, los repartidores y los clientes potenciales para su banco de ejercicios portátil era más efectivo que el correo electrónico o el teléfono. Había hecho buenos acuerdos y se le habían abierto un par de puertas, pero no había recibido dinero.

Bueno, al día siguiente le pagarían en la tienda. Por desgracia, debido a las Navidades, solo había trabajado veinte horas pero, por otro lado, ya tenía pagado el alquiler de enero.

Aparcó en la plaza en la que Gwen acostumbraba a dejar el coche, que no estaba tan próxima a su apartamento como debería. Un idiota que vivía en los bloques del otro lado ocupaba la que en verdad le correspondía. Alec se había ofrecido a encararse con él en su nombre, pero Gwen no lo había dejado alegando que le convenía andar. En su opinión, lo que le convenía era ponerse dura, pero no era asunto suyo. Solo estaba de paso.

Se duchó, se puso su última camiseta limpia, un regalo de una fiesta benéfica de tres años atrás, y con la pizza y la cerveza bajo el brazo, se dirigió al apartamento de Gwen.

Ya había llamado cuando recordó su última conversación y comprendió cómo podría interpretar su pizza congelada barata y el único botellín de cerveza.

«Tienes que llevarla a pubs y a restaurantes, y la cuenta sube muy deprisa...». ¿Por qué no aporreaba la puerta y gritaba: «!No lo vales! Le saldría más barato.

Puede que no estuviera en casa. Pero Gwen abrió la puerta en aquel preciso momento.

—Eh, ¿qué tal funciona el coche? —extendió la mano para aceptar las llaves.

De no llevar puestas sus pantuflas de Scooby Doo, Alec le habría devuelto las llaves y se habría llevado la pizza, pero... recordó el día en que se conocieron. Alec había oído la música de Scooby Doo en el apartamento de Gwen y había descubierto su obsesión secreta por el personaje de dibujos animados. Alec no podía permitirse la televisión por cable y ella tenía el canal de dibujos animados, así que en unas cuantas ocasiones había visto episodios con ella. Bueno, en más de unas cuantas.

—El coche va bien —le devolvió las llaves y levantó las bolsas de plástico—. He traído pizza y cerveza. ¿Te apetece cenar?

Gwen parpadeó.

—¿Es que hay un maratón de Scooby Doo?

Fue el turno de Alec de parpadear.

—No que yo sepa. Pensé que estaría... que estaría bien... —Gwen pensaba que solo quería comer con ella para usar su televisión. ¿Tan gorrón había sido?

—¿El qué?

—Ya sabes, cenar juntos.

Se miraron a los ojos con una incomodidad inusual entre ellos. ¿Qué había hecho? Habían cenado juntos antes y, sí, solían acabar viendo la televisión de Gwen. Pero aquello era diferente. Cuando concluyó que era porque nunca había buscado la compañía de Gwen solo para estar con ella y se preguntó por qué, Gwen ya había sacado la pizza de la bolsa.

—Necesitas distraerte para comer esto, ¿eh?

—Eh, es de calidad suprema —replicó Alec, aliviado porque hubieran vuelto al patrón acostumbrado de indirectas e insultos jocosos.

—Vaya, de calidad «suprema».

—¿Te burlas? Encima de que tengo el detalle espontáneo de compartir...

—Está bien, está bien. Voy a encender el horno —riendo, llevó la pizza a la cocina.

Vuelta a la normalidad. Alec exhaló el aire

que había estado conteniendo y se dirigió al sofá. Reparó en el portátil abierto y en los papeles que había desperdigados sobre la mesa.

—¿Gwen? —ella lo miró desde el otro lado de la barra de la cocina—. Si estás ocupada...

—La verdad es que podrías ayudarme. Necesito la opinión de un hombre.

—¿Ah, sí? —le enseñó una de las cervezas y ella asintió. La destapó y la dejó junto al portátil, no muy cerca del teclado. No pretendía husmear, pero con las palabras *Plan de ataque* escritas en letra grande, era imposible no leer. Había hecho una columna de palabras como puntos flacos, puntos fuertes, metas, plazos, munición y demás—. ¿A qué viene esto?

—Un momento.

Oyó el timbre que indicaba que el horno había alcanzado la temperatura señalada y vio cómo se inclinaba para meter la pizza. Sí, Gwen era genial. Una gran amiga. Destapó el segundo botellín, tomó un trago de cerveza y volvió a confiar en que no se sintiera ofendida por aquella cena barata.

Pensó en su amiga Lisa. No, Laurie. Como fuera. Al principio, le había estado enviando las señales adecuadas y, en otras circunstancias... en otras circunstancias, Gwen no se habría quedado de pie, esperando. ¿Por qué ella nunca lo había mirado así?

Gwen retiró el envoltorio de la pizza y salió de la cocina.

—Ha sido todo un detalle por tu parte—su sonrisa era un poco más amplia de lo normal para ser creíble. Diablos.

—Oye, Gwen. Sé que no es gran cosa, sobre todo después de haber...

—¡No seas tontorrón! Te has gastado todo el dinero, ¿verdad?

«¿Tontorrón?».

Bueno, sí.

—Estoy abrumada —Gwen se llevó la mano al corazón.

—¿En serio?

—Sí. Ahora, siéntate y déjate de remilgos.

—¿Remilgos?

Él nunca tenía remilgos. Pero se sentó. En lugar de ofenderla, la había abrumado. Mujeres... Nunca las comprendería.

Gwen se sentó junto a Alec y le pasó un posavasos con el logotipo de Kwik Koffee. Justo cuando había desistido de lo hombres, uno de ellos tenía que tratarla con dulzura. Procurando no exagerar la importancia del detalle de Alec, señaló la pantalla de su portátil mientras deslizaba otro posavasos debajo de su botellín de cerveza.

—Quiero un ascenso —declaró—. Y estoy

intentando pensar como un hombre.

—¿Y has optado por la jerga militar en lugar de la deportiva?

—Sí —vaciló—. Paso de los deportes.

—Por mí, estupendo —inclinó la cabeza hacia atrás y tomó un trago sin despegar los ojos de la pantalla. Gwen ahogó un suspiro y borró la imagen mental de la mandíbula de Alec. Este le señaló la lista con el botellín.

—No has llegado muy lejos.

—Lo sé. Por eso te necesito. Estoy en la plantilla de uno de los directores regionales. Kwik Koffee tiene siete, pero van a dividir dos de las regiones más amplias y creo que esa es mi mejor apuesta para conseguir un ascenso. Ahora, visualiza a los directores regionales en un fuerte asediado. Yo quiero entrar ahí.

—Los visualizo y no veo a ninguna mujer. ¿Hay alguna mujer directora? ¿Es ese el problema?

—No, no hay mujeres —Gwen movió la cabeza—. Pero creo que es mera coincidencia.

—Puede que sí, puede que no.

—Hay dos ayudantes de directores regionales que son mujeres.

—¿Y el que las mujeres sean ayudantes también es una coincidencia?

—No quiero ahondar en ese tema —Gwen

41

frunció el ceño—. Las ayudantes están en las regiones más amplias, así que es lógico que, si se dividen, consigan el ascenso. Quiero que me digas qué haría un hombre ambicioso en mi lugar.

Alec se recostó en el sofá.

—Está la táctica tradicional, pero rastrera, de apuntarse al mismo club y trabar amistad en la sauna, jugando al golf un par de veces al mes, cosas así.

—No sé jugar al golf.

—Pues deberías aprender.

—Tampoco voy a saunas.

Alec rió.

—Anota «buscar puntos comunes» en tu lista. Puede que tu jefe coleccione vinos o maquetas de trenes. Ya sé... No hay nada como una fuente de galletas de chocolate recién hechas.

Solo el brillo pícaro en su mirada lo salvó.

—Hay una enorme diferencia entre una fuente de galletas y estar juntos en una sauna.

—He dicho galletas «recién hechas»... ¡De acuerdo! —se rindió cuando ella abrió la boca para replicar—. Pero averigua lo que le gusta y dáselo. También, averigua quién decide los ascensos. Tienes que conseguir que tu jefe le cause buena impresión.

—¿Y por qué no debería esforzarme por causarle buena impresión yo?

—Se la causarás.

Gwen iba escribiendo en el ordenador sus sugerencias.

—Sé que debería buscar una labor que sea preciso hacer y ofrecerme voluntaria, pero no se me ocurre nada. Kwik Koffee es una empresa eficiente.

—Piensa en algo pequeño pero visible. ¡Ya lo tengo! —Alec le indicó que siguiera escribiendo—. Reducción de costes. A las compañías les encanta que ahorres dinero.

Gwen lo añadió a la lista. Alec se estaba tomando muy a pecho su ascenso.

—Busca materiales más baratos, o algo así. Después, puedes enviar un informe detallando tu hallazgo. No te olvides de imprimir tu e-mail.

—Claro, pruebas escritas —Gwen escribió una nota para estudiar los precios de filtros ecológicos. Tenían muy buena acogida pero, si no recordaba mal, eran caros. Quizá hubieran bajado los precios y Kwik Koffee podría beneficiarse del cambio—. ¿Echas de menos tu trabajo? —le preguntó mientras escribía. Alec nunca le había contado detalles sobre su vida antes de mudarse a los apartamentos Oak Villa, pero Gwen tenía la impresión de que había sido uno de los peces gordos de la compañía de su familia.

—¡El salario es lo que echo de menos! —rió

Alec—. Pero esta experiencia me ha hecho mirar la vida de otra manera. Creo que eso era lo que mi abuelo quería —hizo una mueca—. Supongo que debería reconocérselo.

Gwen lo miró a los ojos.

—¿Te... te echaron? —preguntó con vacilación.

—¡Qué va! Oye, ¿no te he hablado del gran reto del abuelo?

—Solo me has dicho que estabas intentando montar tu propio negocio.

Alec inspiró hondo y se recostó en el sofá, como si se tratara de una larga historia. A Gwen no le importaba. Le gustaba estar con Alec. No le causaba molestias; al menos, no muchas.

—El abuelo llegó a este país con cuarenta pavos en el bolsillo... Bueno, la cantidad disminuye cada vez que cuenta la historia. Pero abrió un negocio de tentempiés para el almuerzo que creció y en el que ahora trabaja toda la familia. Mi padre y mi tío expandieron el negocio. Era estrictamente local y se dejaron la piel ampliándolo a todo el país —dejó de hablar y miró a la lejanía. Gwen nunca lo había visto tan serio—. Papá nunca estaba mucho tiempo en casa cuando yo era pequeño —dijo con un hondo suspiro.

—Debió de ser duro para tu madre.

—Supongo —tal como lo dijo, Gwen dedujo que no había considerado nunca el punto de vista de su madre. Lo estaba haciendo en aquellos momentos, aunque solo durante un par de segundos—. Lo que me saca de quicio es que el abuelo nunca reconoce lo que han hecho sus hijos ni lo que hacemos los demás. Según él, solo somos parásitos que chupamos de él. Y papá... se lo aguanta. A mi primo y a mí nos pone negros.

—¿Por eso lo dejaste?

—Temporalmente. Queremos poner una página web y abrir algunas tiendas en los centros comerciales, pero el abuelo no nos hace caso, así que... —hizo una pausa justo cuando sonó el timbre del horno. Gwen se dirigió a la cocina.

—Sigue, te oigo.

—Así que resolvimos que uno de nosotros debía empezar un negocio desde cero en las mismas condiciones que mi abuelo, o lo más parecidas posibles, para demostrarle que no somos una nulidad.

—¿Y perdiste? —lo miró por encima de la barra mientras sacaba los platos. Alec bajó la vista a la cerveza que tenía en las manos; después, la miró con una media sonrisa.

—No. Gané.

Lo cual era un claro ejemplo de cómo funcionaba la mente masculina, se dijo Gwen, Les gustaban los desafíos, disfrutaban con ellos. Debía empezar a pensar así sobre su campaña de ascenso.

—Ha sido duro, para qué te voy a engañar. Me imagino la desesperación y el miedo que debió de sentir mi abuelo. Al menos, yo estoy en el mismo país... en la misma ciudad, incluso.

Gwen cortó la pizza, la repartió en dos platos y le entregó uno a Alec. Se sentó en el sofá, apartó los papeles y apoyó los pies con las pantuflas de Scooby Doo sobre la mesa. Alec la imitó y apoyó el plato de pizza en su estómago. Su estómago plano.

—Hablando de Scooby Doo... —empezó a decir Alec.

—¿Es que hablábamos de él?

—No, pero ahora sí.

—¿Por qué?

—Bueno, he oído que echan un maratón en Nochevieja —la miró por el rabillo del ojo—. ¿Tienes pensado ir a alguna fiesta?

A Gwen le dio un vuelco el corazón. Si Alec lo hubiese dejado así... pero continuó.

—Porque si vas a salir, no me importaría vigilarte la tele —sonrió con expresión esperanzada.

—No lo dudo.

Nada de: «Oye, Gwen, ¿qué tal sí pasamos la Nochevieja juntos?» sino: «Quiero ver dibujos animados en tu televisión». Gwen se dio un pellizco mental: había desistido de los hombres. Aquella era una de las razones.

—Y lo haré gratis.

Ah, no, aquella sonrisa cautivadora, no. Le lanzó una mirada de reproche para hacerle saber que no la había cautivado.

—¿No tienes planes? ¿Qué hay de tus amigos? ¿Es que te han abandonado?

La sonrisa se desvaneció al instante, y Alec bajó la mirada a la pizza.

—Van a asistir a la gala benéfica del Centro para la Mujer. Mi novia está en el comité organizador y no ha hecho más que vivir para esa gala desde octubre.

¿Novia? ¿Alec tenía una novia? Claro que a Gwen no le importaba. No debería. No, no le importaba.

—¿Te has fijado en que ya nadie organiza una fiesta solo para pasárselo bien? —Alec estaba reflexionando en voz alta, de lo cual Gwen se alegraba porque se había quedado helada. Alec no se había dado cuenta de su perplejidad, de lo cual también se alegraba—. Siempre tiene que ser a beneficio de alguna organización. ¿Por qué hay que justificar que uno quiere divertirse?

—El Centro para la Mujer es una buena causa —logró decir Gwen—. ¿Es que quieres sabotear la gala?

Alec balbució una incoherencia.

—¿Qué dices? —Gwen se llevó la mano al oído—. ¿Estás refunfuñando?

—No —Alec se escurrió en el sofá hasta dejar la cabeza apoyada en el respaldo del sofá—. Es que Stephanie...

—Esa debe de ser tu novia.

—Quizá. A estas alturas, quién sabe.

—Bueno, no es más que una idea pero... si yo hubiera dedicado mucho esfuerzo a organizar esa gala benéfica, me molestaría un pelín que mi novio no apareciera.

—No puedo permitirme ese lujo —volvió la cabeza para mirarla a la cara—. Tengo el esmoquin y el coche en mi casa del centro de la ciudad, y no tengo dinero para alquilar ni el traje ni el vehículo. Así que no voy a ir a ninguna gala en Nochevieja.

—Espera un momento... Tienes tu propio coche y tu propia casa...

Alec alzó una mano.

—En teoría, sí...

—¿Es que se puede tener de otra manera?

—Mi abuelo no tenía una vivienda lujosa ni un...

—¿Es lujosa?

—Bueno, verás... La mujer de mi primo es diseñadora de interiores, así que me decoró la casa y... no está mal.

—No está mal.

—Bueno, está bien.

—¿Suelos de madera?

—Sí.

—¿Chimenea?

—También.

—¿Comedor?

—Tengo que comer en alguna parte.

—¿Jacuzzi?

—¿No es lo normal hoy día?

—¿BMW o Mercedes?

Le lanzó una mirada de exasperación.

—BMW. Gwen, da igual. Mi abuelo no tenía nada de eso, así que yo tampoco puedo. Por eso me cambié por el tipo que ocupaba antes mi apartamento. Brad está viviendo en mi casa y yo aquí, con su condenado gato —al parecer, al pensar en el gato sintió la necesidad de tomar dos tragos de cerveza.

—Entiendo —Gwen cruzó los brazos y clavó la mirada al frente—. Me siento utilizada —declaró—. Antes, también me sentía así, pero era por una buena causa.

—Sigo siendo una buena causa.

—Eres una causa imposible.

—Eres tan mala como Stephanie.

Gwen se enderezó y fingió sentirse agraviada.

—¿Cómo puedes decir eso?

Alec se echó a reír. No debería haberse percatado de la farsa tan deprisa, pensó Gwen, y se dispuso a quitar los platos de la mesa.

—Al menos, eso explica lo del gato. No me parecías un amante de los animales.

—Armaggedon no es un gato, sino el demonio hecho felino.

—Pobre minino. Con un nombre como ese, ¿qué puedes esperar?

—Se lo ha ganado. No estuvo ni treinta segundos en mi casa y me ensució el sofá blanco de seda.

Gwen puso los ojos en blanco.

—Ninguna persona normal tiene un sofá blanco de seda.

—Yo sí. Al menos, si los de la tintorería hicieron su trabajo. Pero Army se vino al apartamento conmigo ese día y me ha esquivado desde entonces. Vive debajo de la cama hasta que entro en el dormitorio. El resto del tiempo, urde planes de fuga.

Gwen aclaró los platos y los metió en el lavavajillas.

—Pobrecito. No entiende lo que pasa.

—No es el único —masculló Alec en tono rencoroso. Gwen regresó al sofá.

—¿Te refieres a Stephanie y a la Nochevieja? —Alec asintió—. No entiende por qué tienes que mantener la pureza de la hazaña.

—Algo así.

Gwen se quedó mirando sus pantuflas de Scooby Doo. Estas le devolvieron el escrutinio.

—Tu abuelo podría haber comprado ropa en tiendas de segunda mano, ¿no?

—Pues sí. Uno de los detalles más coloristas de su historia es haber llevado ropa donada por la iglesia. Pero si crees...

—Cómprale tu esmoquin a Brad.

—¿Qué?

—Ofrécele cinco o diez pavos. Él no va a ponérselo, y sabes que te queda bien.

—Eso es... —Alec estaba pensando en las posibilidades de aquella idea. Le dedicó a Gwen una lenta sonrisa de admiración—. Es genial.

—Eso pensaba. Y si me dejas en la casa de mis padres, puedes usar mi coche —a veces, era demasiado inteligente para su propio bien.

Alec le lanzó un beso.

—Gwen, eres un príncipe entre las mujeres.

—¿Es eso lo mismo que ser una reina entre los hombres?

Alec vaciló fugazmente, pero de forma obvia. Demasiado obvia.

—No quería decir eso —rió, pero fue una carcajada forzada. Era evidente que había considerado fugazmente la posibilidad de que ambos tuvieran la misma orientación sexual.

¿Sería aquello lo que tendría que afrontar? Si una mujer no quería estar con un hombre, entonces... Y solo porque no era el tipo de mujer de Alec no quería decir que no fuera el tipo de nadie.

Se lo demostraría. Iría y... y se pondría la falda, eso haría. Gwen se puso en pie con ímpetu.

—Oye, tengo una falda nueva que pensaba ponerme en Nochevieja. ¿Qué tal si me das tu opinión masculina?

—Qué peligro. Una mujer pidiendo una opinión sobre ropa. Alerta roja.

—Vamos... —se dirigió a su dormitorio—. Solo quiero saber lo que piensas.

—¡Nada de lo que piense te parecerá bien! —le gritó Alec.

Gwen tomó la falda con percha incluida y regresó al salón. La descolgó y se la puso encima.

—Iré con Laurie, así que... ya sabes —confiaba en que entendiera que esperaba dar la talla. Pero Alec se quedó mirando la falda unos momentos; después, clavó los ojos en ella.

—No es mas que... que una falda negra. No parece corta ni ajustada.

—¿Quieres decir que para que a un hombre le guste una falda tiene que ser corta o ceñida?

—No... Sí. Sí, así es.

Se acercó un poco más para que pudiera ver cómo brillaba a la luz, quizá incluso para que tocara la tela. Pero el reflejo no lo impresionó.

—Bueno, Gwen. La falda no está mal.

«No está mal». Menudo veredicto.

—No sé qué quieres que diga.

«Quiero que sucumbas a la lujuria, eso es lo que quiero». ¡Vaya con el poder de atracción de la falda!

—Con los pantalones de chándal debajo, parece que tuviera arrugas. ¿Por qué no te la pruebas?

—Está bien.

Gwen regresó al dormitorio, sospechando que no se la había probado en un principio porque si Alec sucumbía a la lujuria, olvidaría que había desistido de los hombres.

Empezó a subirse la falda pensando que debería ponerse medias. Tiró de la tela... metió tripa.... renunció a unir el corchete hasta no haber subido la cremallera... subió la cremallera cinco centímetros y... Y contempló con horror cómo su vientre pálido lleno de pizza quedaba al descubierto porque las caderas y los muslos habían rellenado la falda por completo.

Capítulo Tres

Salvada. Salvada de sí misma. Mira que ponerse la falda para atraer a Alec... ¿Qué mosca la había picado?

Por fortuna, cuando regresó al salón, Alec estaba escribiendo en el ordenador una estrategia masculina que se le había ocurrido y ya se había olvidado de la falda.

Que la falda no le entrara no importaba. Aun así, Gwen tomó ensalada con el aliño aparte y se contuvo de tomar helado hasta el miércoles. No estaba a dieta... simplemente, sentía un gusto repentino por la, lechuga a palo seco. Además, nunca tomaba helado los lunes ni los martes, nunca. Bueno, tal vez un par de cucharadas del bote que había abierto el viernes, pero nada más.

¿Y cómo respondió la falda a la lechuga a palo seco y a la no ingestión de helado? ¿Cooperó dejando que Gwen se subiera la cremallera hasta arriba? No.

Así que, cuando llegó Nochevieja, Gwen tuvo que recurrir a su conjunto «infalible»: pantalones de seda negra con cintura elástica y su bonito jersey brillante salpicado de copas de champán doradas y plateadas. De algunas copas salían burbujas, y Gwen tenía que mantenerse derecha para evitar que un par de burbujas adoptaran una posición sugerente. El jersey tenía cuello de pico y, si tiraba con fuerza de él, dejaba al descubierto más escote que el que recordaba del año anterior. Al menos, no todos los kilos de más habían ido a parar a las cartucheras. Soltó el cuello del jersey y este volvió a recuperar su posición recatada.

Gwen suspiró y se esmeró con el maquillaje. No sabía por qué; no había bromeado al decirle a Laurie que no había mucho donde escoger en la fiesta de Nochevieja de sus padres.

Al mismo tiempo que se respondía a su pregunta, Alec llamó a su puerta. Sabía que era Alec porque era el único que llamaba a su puerta últimamente. De pronto, comprendió por qué estaba forcejeando con el perfilador de labios.

Alec salía con mujeres que usaban perfilador y no se limitaban a comprarlo con buenas intenciones para dejarlo finalmente en los cajones del baño hasta que se secaba y se desmenuzaba; se proponían usarlo para impresionarlo en Nochevieja. Claro que ella no intentaba impresionarlo. Alec volvió a llamar. Gwen soltó el perfilador, se pintó a toda prisa con el lápiz de labios y corrió a

55

abrir. Redujo el paso al recordar que Alec no iba a irse a ninguna parte: las llaves del coche las tenía ella.

Por cierto... ¿Dónde había dejado el bolso? Sí, en el dormitorio, para poder cambiar su bolsito de cuero por otro de fiesta que carecía de utilidad. Iba a casa de su madre, nada más, pero Alec la vería y Gwen tenía su orgullo, por absurdo que fuera.

Alec volvió a llamar.

—¡Ya va! Ya te he oído la primera vez que has aporreado la puerta —debía de estar ansioso por ver a Stephanie. Irritada, abrió la puerta de par en par—. Tendrás que esperar a que recoja el bolso y una...

Alec se había recostado en la barandilla de hierro del rellano de la escalera, con las manos en los bolsillos. Estaba... estaba... En fin, merecía la pena usar el perfilador por él.

Se había peinado el pelo hacia atrás con gomina, pero a él le sentaba bien. Y el esmoquin era... negro y con una camisa tan blanca que hacía daño a la vista. Llevaba la tradicional pajarita negra, y los botones de la camisa debían de ser de ónice y no de plástico.

Gwen se aferró al pomo de la puerta con todas sus fuerzas e intentó recordar lo que estaba diciendo. No le vendría mal que Alec le diera alguna pista, pero ni siquiera la estaba mirando. No, a juzgar por la dirección de su mirada, estaba fijándose en sus... burbujas.

—Bonito jersey —sonriendo, Alec la miró a los ojos—. Muy... efervescente.

—Ja, ja —Gwen se enderezó—. Tienes pelos de gato en el esmoquin.

—Maldito gato —dijo con resignación, mientras se sacudía los brazos.

—En la pierna —le indicó Gwen—. Pasa y te daré cinta adhesiva.

—¿Para qué? —la siguió al interior del apartamento y cerró la puerta. Gwen hizo caso omiso de lo mucho que le flaqueaban las piernas y se dirigió a la cocina.

—Para los pelos de gato.

Hurgó en el cajón y le pasó el rollo de cinta.

—Póntela alrededor de la mano con el lado pegajoso hacia fuera.

—¿No sería más sabio invertir en un cepillo de ropa?

—Tengo un cepillo de ropa, pero no quiero que se manche de pelos de gato.

Alec sonrió con regocijo y se dispuso a emplear la cinta siguiendo las instrucciones de Gwen. Mientras, esta regresó al dormitorio, llenó el bolsito de fiesta y buscó la gabardina. Era de color caqui y no combinaba con su atuendo. ¿Por qué no lo había pensado antes?

Entonces, recordó que necesitaba una bolsa con una muda para pasar la noche, con lo que echaría a perder por completo su imagen festiva, pero ya no le importaba. Si se demoraba mucho más tiempo, Alec entraría a buscarla y solo de imaginar a Alec en su dormitorio... Se negaba a imaginarlo.

Alec seguía en la cocina, echando el cepillo improvisado en la papelera de debajo de la pila.

—¿Qué tal estoy? ¿Sigo teniendo pelos de gato? —abrió los brazos y se dio la vuelta.

—Estás fabulooso, queriido —bromeó—. En serio, estás genial. Como si llevaras un Armani —pasó un segundo de silencio. Algo en la expresión de Alec... Gwen hizo una mueca para sus adentros—. *Es* un Armani, ¿verdad?

—Hice un buen trato —Alec tomó la bolsa de viaje de la mano de Gwen—. Pagué quince pavos por él. Me lo dio un tipo que lo encontró colgado en el fondo de su armario —abrió la puerta para que la precediera.

—Qué suerte —sin mirarlo a los ojos, Gwen esperó a que saliera, cerró la puerta con llave y le entregó el llavero completo. Alec se lo quedó mirando mientras descansaba en la palma de su mano, reflejando las luces multicolores de Navidad de su vecino. Tal vez debería haber quitado el Scooby

Doo con gorro de Papá Noel del llavero, pensó Gwen—. Lo siento, tengo el Rolls en el taller. Había que cambiarle el aceite.

Alec ni siquiera sonrió.

—Te lo agradezco mucho, Gwen —le indicó que lo precediera escaleras abajo y masculló algo entre dientes—. Espero que Stephanie también —creyó entender Gwen.

Alec estaba de un humor raro. Mientras conducía hacia la casa de los padres de Gwen, sonreía y le seguía las bromas, pero sin entusiasmo. Gwen se quedó fascinada al comprender que un Alec apuesto sin entusiasmo no era ni remotamente igual de atractivo que un Alec desaliñado que empleaba su encanto para utilizarla, aunque los dos supieran lo que hacía. Bueno, ¿no era una manera divertida de empezar la Nochevieja?

—Me quedaré a dormir en casa de mis padres —le recordó cuando la conversación empezó a flojear—. Así que pásate a recogerme mañana por la tarde.

—Como quieras.

—Si me llamas antes, estaré lista y así podrás hacer una escapada durante el descanso de algún partido.

—Como quieras.

—O, simplemente, puedes aparecer cuando más te convenga.

—Caray, Gwen, ¿por qué no te pones boca arriba para que te rasque la tripa? Pareces un perrito.

«Idiota».

—Inténtalo y te morderé los dedos mientras orino en tu alfombra.

Alec rió. Por fin. Pero seguía siendo un idiota.

—Lo siento. He dicho una idiotez.

—Eso estaba pensando.

—No me hagas caso.

Ojalá, pero resultaba bastante difícil.

—¿Qué pasa? —«No sigas. Para. ¡No!»—. ¿Es que Stephanie no se alegró de que fueras a la fiesta? —«Córtate las venas, rápido. Hay una lima de uñas en la guantera».

—Sí —contestó Alec, pero no dijo nada más.

«Muy bien». Su intento de llenar el silencio había sido infructuoso, así que lo dejó cavilar mientras repetía mentalmente: «su felicidad no es mi responsabilidad». La última vez que había entonado aquella frase había sido en relación con Eric.

La situación con Alec era completamente distinta y, sin embargo, allí estaba ella, cuidando de él de la misma manera. ¿Por qué seguía comportándose así? Había reconocido su problema con los hombres, ¿por qué no podía dejar de facilitarles tanto las cosas que acababan aprovechándose de ella? No quería pasarse el día entero en casa de sus padres, pero prácticamente le había suplicado a Alec que se quedara con el coche el tiempo que lo necesitara.

Era su patrón de conducta con los hombres: siempre se ponía a sí misma y sus deseos en segundo lugar. Se preocupaba por los hombres, se tomaba molestias por ellos y, básicamente, les enseñaba a no tener en cuenta sus necesidades. A menudo se sorprendía haciéndolo también en el trabajo. No era aconsejable.

Al parecer, tendría que hacer algo más que desistir de los hombres para quitarse el hábito.

Se estaban acercando al barrio de sus padres. Gwen le dio indicaciones a Alec.

—Te agradecería que vinieras a buscarme mañana al mediodía. Un poco más tarde y mamá querrá organizar un almuerzo en toda regla y sé que estará cansada después de la fiesta.

—Muy bien.

No había sido tan difícil, ¿no? Gwen empezó a sentirse mejor.

—Métete por la próxima bocacalle y sigue hasta el final.

—¿La casa con todos esos focos?

—Sí.

Detuvo el coche en la senda de entrada,

detrás de la furgoneta de la empresa de catering.

—La fiesta de tus padres parece todo un acontecimiento.

—Y que lo digas. Hay gente entrando y saliendo durante toda la noche —se dispuso a abrir la puerta y la emocionó ver que Alec salía, le recogía la bolsa de viaje y se la llevaba hasta la puerta principal.

—Gracias otra vez.

Lo dijo con voz cálida y sincera, y Gwen tuvo la tentación fugaz de arrastrarlo al interior de la casa a modo de trofeo para enseñárselo a sus padres. En cambio, tomó la bolsa.

—No hay de qué. Hasta mañana.

Alec hundió las manos en los bolsillos y ladeó la cabeza.

—¿Gwen?

—¿Sí? —ya había abierto la puerta.

—Es verdad que estás bonita —lo dijo en tono práctico, para que supiera que hablaba en serio. Gwen lo miró fijamente mientras el corazón se le salía del pecho. «Di algo ingenioso».

—Gracias —«vaya con el ingenio».

Alec se despidió con una leve inclinación de cabeza y regresó al coche. Se cruzó con Laurie, que había salido de uno de los vehículos aparcados.

—Hola. Laurie, ¿verdad? —atónita, Laurie alcanzó a asentir. Alec levantó una mano—. Feliz Año Nuevo.

Laurie se dio la vuelta y lo vio alejarse hasta que subió al coche de Gwen; después, se reunió con su amiga en el porche.

—¿Ese era tu vecino? —Laurie llevaba un vestido ceñido y lustroso.

—Sí. Se le ve muy aseado para ser mecánico, ¿verdad?

—Y tanto —siguió a Gwen al interior de la casa—. ¿Cómo has podido dejar que se fuera así, sin más?

—Va a una gala benéfica.

—¿Y no puede pasar a charlar diez minutos? —Laurie se detuvo delante del espejo del vestíbulo para comprobar su aspecto perfecto. Gwen se tiró del jersey.

—Tiene novia.

—Repito: ¿Y no puede pasar...?

—Olvídalo, Laurie.

—Pero... Espera un momento, ¡no te has puesto la falda!

Con un suspiro, Gwen se dirigió al dormitorio de invitados a dejar su bolsa de viaje.

—Esperas demasiado de la fiesta de mis padres.

—Estaba pensando en tu vecino.

—También esperas demasiado de Alec.

Laurie enarcó una ceja.

—¿Te has puesto la falda delante de él?

—No —Gwen no quería hablar de la falda—. Venga, vamos a hacernos amigas del barman.

Laurie y ella oyeron voces mientras se acercaban al salón. Un momento después, irrumpieron en el caos.

—¡Alec! Has venido —Stephanie lo agarró del brazo y le dio un beso sin llegar a rozarle la mejilla.

—¿Qué tal va todo, Steph? —la había encontrado retocando los artículos del expositor de subastas. Stephanie se volvió para pasear la mirada por el salón de baile del hotel y el mar de mesas engalanadas con azul marino y plata. Se había recogido el pelo en lo alto de la cabeza, salvo por un par de rizos que le rozaban los hombros y realzaban su cuello. Bonito.

Salvo que se sorprendió pensando en cierto jersey con burbujas traviesas que lo hacían sonreír.

—Se han vendido todas las invitaciones —susurró—. ¡Estoy tan nerviosa!

—¿Por qué? —la banda se había presentado y estaba haciendo pruebas de sonido mientras los camareros de chaqueta blanca ocupaban sus puestos, de modo que los dos factores principales para una buena fiesta habían sido satisfechos. A Alec le parecía que todo estaba controlado.

—¡Hay mil detalles que podrían salir mal! —Steph inspiró hondo, y su figura llenó de forma seductora su vestido plateado sin tirantes. Alec recordó que no la había visto desde hacía varias semanas. La atrajo hacia él tirando de un rizo rubio.

—Eso significa que hay mil cosas que podrían ir bien —se inclinó para besarla, pero Steph retrocedió.

—¡Ahora no!

—¿Cuándo si no? —murmuró, sin hacer caso de la inesperada punzada de alivio.

—¿Es que no puedes pensar en otra cosa?

—Contigo vestida así... no —era una respuesta manida destinada a halagar a Steph, pero ella lo miró con fijeza.

—¿Desapareces de mi vista durante meses y crees que puedes seguir donde nos quedamos?

Alec se enderezó y la miró.

—*Zoinks* —era una referencia a Scooby Doo; Gwen la habría captado. Claro que subestimaba a Stephanie.

—Vamos, madura de una vez —estaba frente a él, pero mientras hablaba no dejaba de pasear la mirada por los grupos de invitados que llegaban.

—Ya he madurado. Ahora me tomo la vida

mucho más en serio. Consecuencia de la pobreza.

—Estás jugando a «príncipe y mendigo» y viendo dibujos animados —ajustó el lazo de una cesta para una estancia en un balneario y la tachó de la lista.

—Creía que comprendías lo que intento demostrar.

—Lo que comprendo es que anunciaste que ibas a crear tu propio negocio con los mismos obstáculos que tuvo tu abuelo y que te gustaba el reto —tachó otro artículo de la lista, en aquella ocasión, de una estancia de una semana en París para dos personas, antes de volverse hacia él—. Lo que no comprendo es por qué no lo hablaste conmigo primero.

Porque habría aceptado el desafío fuese cual fuese la opinión de Steph. Pero no se lo dijo. No solo estaba nerviosa, sino luchando contra la furia reprimida.

—Sabes la alegría que supuso para mí que me pidieran participar en el comité organizador. Significa que la dirección confía en mí. Del éxito de esa fiesta dependerá a cuántas mujeres y niños podremos ayudar el próximo año. Y nunca es bastante, nunca.

—Steph... Todo está espléndido. Lo harás bien. Stephanie apretó la mandíbula y la tensión contrajo visiblemente su hermoso cuello.

—Bien no es suficiente, quiero lo mejor. Quiero batir todos los records. Y quiero tu apoyo. Pero justo cuando empezaba a poner en marcha todo esto, desapareciste. He tenido que hacerlo todo yo sola: hacer llamadas para pedir donativos, participar en las reuniones de preparación, incluso asistir al cóctel en honor a los patrocinadores... yo sola. No has hecho ni un miserable donativo, ni siquiera de tu propia compañía. No creas que no se ha notado la ausencia de Fleming Snack Foods. Qué vergüenza he pasado. Y con razón.

—Lo siento —dijo con sinceridad—. El abuelo hará un donativo... Siempre lo hace. Debiste recordármelo.

Stephanie lo taladró con la mirada.

—No tendría que haber sido necesario.

—Cierto, Steph, pero he estado matándome a trabajar.

—Claro, en tu empleo de salario mínimo en esa tienda de buscas.

Los remordimientos de Alec se desvanecieron.

—Hay muchas más cosas en mi vida ahora mismo que un trabajo basura, y lo sabrías si te hubieras molestado en venir a verme.

—Fui a verte, si no recuerdo mal.

Cierto. Habían charlado, pero la conversación no llegó a captar su interés. Steph le contó las novedades de sus amigos, algunas de las cuales ya le había relatado por teléfono, pero no parecía que hubiera nada más de qué hablar. Al final, Stephanie alegó que los pelos de gato le daban alergia y se despidió. Fue la primera vez que Alec albergó sentimientos positivos hacia Armaggedon.

—Está bien, viniste una vez —reconoció—. Pero solo una. Y no mostraste el menor interés por lo que hacía.

—Porque era evidente que no querías que formara parte de tu proyecto. Tomaste una decisión crucial sin pensar en mí.

Cierto; su relación con Stephanie no le había parecido tan importante... Estaba claro que a ella, sí.

—En cuanto a mostrar interés... ¿Te has molestado tú alguna vez en preguntarme algo sobre esto? —movió el brazo para señalar la habitación—. ¿Has venido a verme? Podríamos haber salido a cenar o quedado con algunos amigos a tomar una copa. Pero no.

—No tengo coche y no podía permitirme llevarte a los locales que salíamos frecuentar —masculló.

—Claro. Tu pseudopobreza.

Stephanie podría haber pagado la cuenta de la velada, pensó Alec. ¿Lo había hecho alguna vez?

—A mí me parece que solo estás interesada en mí cuando puedo gastarme el dinero contigo.

—No me gusta lo que estás insinuando.

Alec creía haber sido muy claro, pero dejó a un lado el tema, de momento.

—Oye, no deberíamos estar tanto tiempo sin vernos. Ahora que ya casi has terminado con la gala, ¿por qué no te pasas a verme la próxima semana?

Stephanie dejó de retocar una cesta con botellas de vino y lo miró con sus hermosos ojos azules.

—¿Para hacer qué?

—Hablar. Estar juntos.

La mirada fría de Stephanie se entibió, y dio un paso hacia él. Alec olió su perfume; no era su favorito, sino uno nuevo. Más denso.

—¿Hablar de qué? —le rozó la solapa de la chaqueta, quizá para quitarle un pelo de gato o solo a modo de excusa para acercarse más a él—. ¿De nosotros?

¿Acaso había un «nosotros»?

Era imponente y lo sabía; Alec también se lo había dicho. Le gustaban las mujeres imponentes.

Se metió la mano en el bolsillo y encontró las llaves de Gwen. Cerró los dedos en torno al muñequito de Scooby Doo y esbozó una media sonrisa. También le gustaban las mujeres inteligentes, divertidas, parlanchinas y accesibles.

Stephanie era inteligente y tenía cuerda. Quizá fuera un poco seria, pero siempre se reía de las bromas y era magnífica en un grupo. Se llevaba bien con los amigos de Alec y él con los de ella. ¿Pero accesible? No, Stephanie no era accesible.

¿Y cómo era de importante eso para él?

—¿Stephanie? Cariño, ¡todo está magnífico!

Stephanie sonrió al ver que se acercaban unos amigos comunes, acompañados de un hombre quizá diez años mayor que Alec. El hombre le dirigió a Stephanie una mirada de admiración, quizá un poco más admirativa de lo que Alec, su novio reconocido, debería dejar pasar sin un desafío.

Pero no desafió al tipo, ni se acercó y ni le pasó un brazo a Steph por la cintura, porque no le apetecía. No sentía nada. Fuese cual fuese la atracción que Stephanie había ejercido sobre él tiempo atrás, había dejado de surtir efecto.

Y sospechaba quién era la responsable.

Capítulo Cuatro

—No pienso mover el piano hasta que no me lo ordene la señora Kempner.

—No te pases de listo conmigo, Troy —la responsable del catering, Katherine Nancy, con gorro de chef incluido, estaba enzarzada en una discusión con el barman jefe. Cuando Gwen y Laurie entraron en el salón, Katherine se volvió hacia un hombre vestido de esmoquin que estaba sentado ante un piano de cola negro—. ¿Lenny? Por favor, mueve el piano.

—No puedo. Normas del sindicato —hizo un arpegio—. Soy el talento, no la fuerza bruta.

—Gracias por decírmelo; no lo habría adivinado —le espetó Katherine.

Había tres puestos de bar colocados uno seguido de otro. Detrás de Katherine se erguía un ejercito de camareros sin nada que servir.

—Bueno, Feliz Año Nuevo —Laurie se acercó a uno de los bares portátiles.

—Qué pasa? —Gwen no tenía intención de hablar tan alto como su amiga, pero todo el mundo la oyó y empezaron a hablar a la vez—. ¡Eh! —Gwen los hizo callar con un ademán—. ¿Dónde están mis padres?

Se miraron entre sí. Fue Katherine quien habló.

—Tu madre está en el dormitorio. No quiere salir.

Solo un desastre podría haber impedido que su madre dirigiera los preparativos de la fiesta. Por suerte, Gwen se los sabía de memoria de tantas celebraciones pasadas.

—Katherine, ya has organizado esta otras veces. Recuerdas la disposición del año pasado?

—La mesa del bufé va ahí —señaló el piano y lanzó una mirada iracunda a Lenny, que respondió tocando el tema de la bruja malvada de *El mago de Oz*.

—Eso es —Gwen se acercó al barman. Uno de sus ayudantes parecía estar haciendo migas con Laurie—. Soy Gwen Kempner. ¿Tú eres Troy?

—Sí.

—Troy, uno de esos puestos de bar debe ir arriba, a la sala de billar. Otro puede quedarse aquí y el tercero hay que colocarlo en el vestíbulo.

Pero Gwen tenía otras cosas de qué ocuparse además de dar instrucciones a los empleados del catering. Consultó su reloj.

Eran poco más de las siete y media, de modo que no tardarían en aparecer los primeros invitados.

Se alejó por el pasillo y llamó a la puerta del dormitorio de sus padres, con lo que interrumpió una discusión acalorada en voz baja.

—¡Váyase! —gritó su madre.

—Mamá, soy Gwen. Déjame entrar —probó a girar el pomo, pero estaba echado el pestillo.

—Gwen, tu padre y yo estamos tratando un tema muy importante. Por favor, déjanos.

—Suzanne, ¡no hay nada que tratar! —oyó afirmar a su padre. Un momento después, la puerta se abrió y lo vio pasar a su lado. Gwen se coló dentro del dormitorio antes de que su madre pudiera impedírselo. Había maletas y ropa desperdigadas por la habitación normalmente impecable de sus padres. No era una buena señal.

—¿Mamá?

Todavía en bata, la madre de Gwen estaba sentada en el borde de la cama. Había indicios de que había estado llorando, pero en aquellos momentos parecía más furiosa que otra cosa.

—No puede hacerme esto.

—¿El qué? —no le hacía falta preguntar quién.

—¡Esto! —Suzanne extendió el brazo hacia las maletas y los montones de trajes y corbatas.

—¿Es que... es que papá te va a dejar?

—Sí.

Gwen profirió una exclamación.

—No es por eso —su madre se puso en pie—. Ha dejado su trabajo y quiere encontrarse a sí mismo. Como siempre, no se ha molestado en preguntarme mi opinión.

—¿Que papá ha dejado su trabajo? —Gwen se dejó caer en el hueco que su madre había desalojado. Suzanne pasó por encima del revoltijo y entró en el cuarto de baño, donde encendió las luces del espejo para observar su reflejo.

—Eso ha dicho. En cuanto llegaron los del catering —abrió un frasco y empezó a limpiarse los restos de rímel corrido de las mejillas—. Pensó que, con los preparativos, no tendría tiempo de montar una escena.

—Y le has demostrado que estaba equivocado, ¿eh?

Su madre se la quedó mirando un momento; después, siguió reparándose el maquillaje.

—Sé muy bien que no te agrada el estilo de vida que he elegido.

—Porque no has vivido tu vida, sino la de papá —«y mira lo que ha pasado», pensó Gwen, pero decidió no decirlo.

—Somos socios, aunque no espero que lo entiendas. Socios a partes iguales —se sorbió las lágrimas—. Al menos, eso creía, pero a Tom se le ha olvidado que he trabajado tanto como él para que llegara adonde está. Y ahora... Ahora cree que puede echarlo todo por la borda sin consultarlo conmigo. Pues bien, no puede. No se lo permitiré.

—Mamá...

—Gwen —la interrumpió su madre—. Ve a buscar a tu padre y dile que se vista.

Tal vez su padre estuviera atravesando la crisis de la madurez, pero no era el momento de discutir ni analizar, sino de controlar los daños. Aunque no le gustara el papel de la esposa perfecta del empresario que había escogido su madre, iba a hacer todo lo posible para ayudarla. Sabía lo importante que era la fiesta de Nochevieja; casi todos los invitados eran socios de su padre. Si presenciaban una riña matrimonial, la imagen tan cuidada que sus padres presentaban al mundo sufriría un grave perjuicio.

Gwen encontró a su padre en el garaje. Lucia un traje completo de camuflaje; las prendas estaban arrugadas, como si acabara de sacarlas de una bolsa. Como las que salpicaban el suelo del garaje, en torno a un generador que no había visto nunca. Gwen se tomó un momento para reajustar la imagen mental que tenía de su padre. A su alrededor y encima de un jeep negro reluciente, había cientos de artículos de montañismo. Podía ver las etiquetas del precio en casi todas.

—Papá, ¿qué has hecho? ¿Desvalijar a un boy scout?

—Hola, Gwen —dijo en tono sombrío—. Imagino que te pondrás del lado de tu madre.

—¿Es que hay lados? —se le cayó el alma a los pies. Su padre desenfundó despacio un cuchillo de cazador de aspecto amenazador.

—Tu madre aboga por la posición social y yo por vivir la vida más sencilla —la hoja centelleó a la luz de una lámpara de gas.

—¿Desde cuándo hacen falta tantos artilugios para ser sencillo?

—Es lo único que necesito para sobrevivir en este mundo, Gwen —su padre guardó el cuchillo en una mochila naranja de alpinista. «Vaya, vaya».

—¿Qué haces, papá? —Gwen sabía que parecía irritada, y lo estaba; más por tener que preguntárselo que porque estuviera dando muestras de ser un fanático de la supervivencia.

—Me he retirado.

—¿De... de tu trabajo? —su padre rondaba los cincuenta y cinco y nunca había hablado de jubilarse—. ¿Es que te han echado?

—¡No! —era la única emoción que había reflejado hasta el momento. Inspiró hondo para serenarse—. He comprado un refugio en la costa norte del Pacífico y voy a vivir allí.

—¿Tú solo?

—Eso parece.

—¿Has invitado a mamá?

—Tu madre se niega a considerarlo.

En realidad, la zona de Seattle era un lugar magnífico y muy visitado. A su madre podría agradarle tener una casa de vacaciones allí.

—Bueno, ¿le has contado cómo es la casa? ¿Cuántos baños y dormitorios tiene, qué hay en los alrededores...?

—No hay nada en los alrededores. De eso se trata. Es un refugio de una sola habitación con cocina de leña y una maravillosa chimenea de piedra —abrió un paquete de pilas y las metió en una linterna, la tercera que Gwen veía.

—¿Quieres decir que no tienes luz?

—No hace falta.

«Sí, claro».

—Papá... A mamá ni siquiera le gusta alojarse en hoteles que no disponen de servicio de habitaciones. No me extraña que no quiera pasar allí las vacaciones.

—Ya te he dicho que voy a vivir allí. Me marcho mañana por la mañana. Año nuevo, vida nueva —su sonrisa no parecía la sonrisa de un loco. Gwen se sentía impotente e inútil.

—¿Y qué pasa con la fiesta? —preguntó, porque no se le ocurría otra cosa que decir.

Su padre, sin perder su novedosa sonrisa afable, alargó el brazo y le dio un apretón en el hombro.

Ve a ayudar a tu madre, Gwen.

—Laurie, por favor, ¡no me dejes! —Gwen agarró a su amiga del brazo mientras Laurie se retocaba en el espejo del dormitorio—. Al menos, no por un barman.

—Gwen, cielo, si te sirve de consuelo, Brian no es barman. Solo estaba sustituyendo a su hermano pequeño. En realidad, es ayudante del fiscal del distrito —despegó los dedos de Gwen de su antebrazo y tomó su bolso y su chaqueta—. Esta noche hemos inventado tres bebidas nuevas —suspiró—. A una le puse mi nombre.

Vaya, no puedo competir con un cóctel.

—Y tanto que no —le sonrió Laurie.

A Gwen no le importaría tomarse un buen trago. Había pasado las últimas tres horas viendo a su madre revolotear por el salón, haciendo como que su marido no irrumpía de vez en cuando vestido de camuflaje para anunciar su jubilación y enseñar a los invitados su equipo del garaje y las fotografías del refugio. Siempre que Suzanne se refería al refugio como una casa de vacaciones, Tom la corregía con suavidad, pero con insistencia.

Tampoco era ninguna ayuda que Tom estuviera cortando lazos expresando a sus socios lo que de verdad opinaba de ellos y de su manera de hacer negocios durante los últimos veinticinco años. Sus opiniones no eran en ningún caso halagadoras, pero siempre las expresaba con una voz agradable, serena y práctica que inducía a pensar que estaba bromeando. Después, el padre de Gwen ahondaba en la idea y dejaba ver que no, que no era broma. Entonces, su madre pronunciaba incoherencias estridentes acompañadas de risitas agudas en un intento fútil de ahogar sus comentarios. Como consecuencia, a las once y media la masacre ya era completa. Los invitados habían huido.

Gwen no podía reprocharle a Laurie que quisiera marcharse. Salió detrás de ella del dormitorio. Brian, el camarero, estaba esperando junto a la puerta principal, contemplando en silencio cómo la madre de Gwen rompía en mil pedazos una de las fotografías del refugio y los arrojaba al aire.

—¡Feliz Año Nuevo! —rugió Suzanne, y se retiró a su cuarto.

—¿Ya es medianoche? —preguntó Tom a la habitación casi vacía—. Deberíamos hacer un brindis. Camarero, champán para todos.

—Eh, ¿estarás bien? —le preguntó Brian a Gwen al tiempo que Laurie le rodeaba la cintura con el brazo—. Podemos quedarnos... o Laurie puede quedarse —la miró—. Si te quedas, te llamaré. Hablo en serio.

Brian rezumaba sinceridad... o testosterona. Seguramente, ambas cosas. Era de suponer que Laurie atraparía a uno de los buenos.

—No, no —Gwen los empujó—. Marchaos. Ni siquiera yo quiero quedarme.

—¿Seguro? —preguntó Laurie con escaso entusiasmo, pero a Brian debió de convencerlo, porque la recompensó con un apretón alrededor de la cintura.

—Sí —Gwen abrió la puerta—. Feliz Año Nuevo.

—Lo es —los dos se sonrieron de forma empalagosa. Justo cuando acercaban sus cabezas, Gwen cerró la puerta para no ver el inevitable beso. Había desistido temporalmente de los hombres, pero no necesitaba un recordatorio visual de los maravillosos beneficios a los que había renunciado.

Y menos mal que había sido una renuncia temporal, hasta que volviera a tener tiempo para ellos; de lo contrario, habría lamentado haber adornado a Alec con un enorme lazo y habérselo enviado de regalo a su novia. Una novia cuya existencia ni siquiera conocía hasta hacía escasos días. Pero no era asunto suyo y no le importaba que Alec estuviera en alguna otra parte haciendo inmensamente feliz a una tal Stephanie en lugar de... en lugar de ver el maratón de Scooby Doo con Gwen.

Despacio, regresó al salón y vio a su padre sirviendo champán para los empleados. Lenny, con los ojos cerrados, imitaba a Neil Diamond al piano. Katherine asomó la cabeza por la puerta de la cocina y le hizo señas de que se acercara.

—Ha sobrado mucha comida —murmuró la encargada del catering.

—Envuélvela y guárdala en la nevera —le dijo Gwen. La fiesta había terminado. Seguramente, otras cosas también.

—Ya lo he hecho. Tanto la nevera como el congelador del garaje están a rebosar.

—¿Has invitado a tus empleados a tomar algo?

—Sí —Katherine bajó la vista, y Gwen avistó uno de los jamones cocidos todavía sin abrir. Pensó en Alec. Podrían alimentarse de restos durante toda una semana. No, no debía buscar excusas para verlo, pero no podía dejar que el jamón se echara a perder, ¿no?

—Pues envuelve el resto y me lo llevaré a casa conmigo.

Porque Gwen no iba a pasar la noche en aquella casa. La crisis de su padre era cosa entre él y su madre. A Gwen le correspondía estar en su casa, tomando sobras de comida delante de la televisión. Su padre tenía un coche nuevo; tomaría prestado el viejo y ahuecaría el ala lo antes posible.

Oyó que sonaba el timbre de la puerta. «Genial». Ni su madre ni su padre dieron señales de vida, así que decidió no alertarlos. Inventaría alguna excusa y se desharía del recién llegado. Tomó una botella de champán sin abrir con la intención de ofrecerla como premio de consolación, inspiró hondo y fue a abrir.

—Feliz... ¡Alec!

Con las manos en los bolsillos, Alec la miraba con expresión interrogante desde el umbral.

—Pensaba que me había equivocado de casa —señaló la calle vacía—. ¿Qué ha sido de la fiesta?

—Alec, ¡me alegro tanto de verte! —Gwen lo arrastró al interior de la casa y le plantó el champán en las manos.

—Espera un momento... —ladeó la cabeza y la miró con severidad—. ¿Eso que suena es de Simon and Garfunkel?

Gwen gimió y se llevó las manos a las sienes.

—Vamos, vamos —la atrajo a sus brazos y le dio una palmadita en la espalda—. Alec lo arreglará. ¡Eh, el del piano! ¡No habrá propinas si tocas eso!

La música cambió de inmediato. A pesar del horror de la velada, Gwen rió entre dientes y retrocedió. Le gustaba demasiado que Alec la abrazara.

—Modestia aparte, creo que he resuelto el problema de la fiesta.

—Ja, ja —haciéndole señas para que la siguiera, Gwen lo precedió en dirección a la cocina mientras le contaba toda la historia. Siguió parloteando mientras llenaban el maletero de cajas y bolsas de comida. Alec tuvo la sensatez de guardar silencio y dejarla hablar. Cuando ya llevaban en el coche varios minutos, Gwen se tranquilizó y advirtió que Alec estaba haciendo algo más que escuchar. Se había quedado mudo.

Gwen inspiró hondo y reclinó la cabeza en el respaldo, dando gracias porque Alec estuviera conduciendo, porque hubiera aparecido justo cuando ella ya no podía más y... Pero ¿por qué había vuelto tan pronto a la casa de sus padres?

Se enderezó e intentó ver la hora a la luz de las farolas que dejaban atrás.

—Todavía no son las doce —dijo Alec, rompiendo el silencio.

—Cierto —Gwen se volvió para observarlo con atención—. ¿Qué haces aquí?

—He venido a rescatarte.

—Y te lo agradezco mucho, pero ¿cómo sabías que necesitaba un salvador?

—No lo sé... ¿Un gen oculto de caballero andante?

—Muy gracioso. A ver, ¿qué le ha pasado a tu fiesta? —«Y, ¿dónde está Stephanie?».

—Terminamos pronto y...

—¿En Nochevieja?

La miró de reojo.

—Vosotros habéis terminado pronto.

—Ni siquiera empezamos.

Alec suspiró hondo.

—Digamos que mi fiesta ha sido tan terrible como la tuya. Aunque teníamos mejor música.

Gwen suspiró.

—Está bien, no me lo cuentes.

—Gwen...

—Calla, he cambiado de idea.

—No es más que...

Lo interrumpió alzando una mano.

—No quiero saberlo.

Acababa de darse cuenta de que, al presionarlo, estaba dando muestras de interesarse por sus asuntos, y prefería que no se percatara de ello.

—Gwen...

—¿Te das cuenta de que tengo un jamón entero y pavo ahumado en el maletero?

Alec sonrió y deslizó un brazo por el respaldo del asiento.

—¿Te das cuenta de que prefiero recibir el Año Nuevo contigo más que con cualquier otra persona?

Capítulo Cinco

Era cierto. En aquellos momentos, Alec quería estar con Gwen más que con ninguna otra persona.

Sospechó que se había equivocado de fiesta cuando Stephanie le lanzó una mirada de perplejidad al ver que no pujaba por el viaje a París para dos personas durante la subasta. La siguiente pista le llegó al percatarse de que su mesa estaba puesta para nueve y no para ocho, como las demás. Y la sospecha se acrecentó después del baile, cuando se sentaron a cenar una comida minúscula en platos caprichosos y Stephanie llamó al maître para que Alec pudiera encargar champán para la mesa. Pero tuvo la certeza de que prefería estar con Gwen cuando Steph y Robert Vanderhof se miraron a los ojos y Alec adivinó con absoluta claridad que el bueno de Bob no era solo un invitado de última hora de los Sorensen.

Dejó el coche en la plaza de Gwen, en la que le correspondía. El idiota del otro bloque debía de haber salido aquella noche.

Con Gwen se lo pasaba bien. Sí, quizá hablara demasiado algunas veces pero… pero lo estaba mirando con los ojos muy abiertos y una expresión cercana al pánico.

—Porque tengo pavo y jamón en el maletero.

—¿Cómo?

—Lo que acabas de decir sobre el Año Nuevo es porque llevo pavo y jamón en el maletero, ¿verdad? —preguntó con voz extraña.

Alec apagó el motor. Reinaba el silencio salvo por un estallido lejano de fuegos artificiales.

—No solo por el pavo y el jamón.

¿Qué quería decirle? ¿Que cuando la velada había empezado a irse a pique, en lo único que podía pensar era en estar sentado en su sofá con un cuenco enorme de palomitas en el regazo y recitando un diálogo de Scooby Doo con ella?

El silencio se hizo más denso. Alec no podía descifrar la mirada de Gwen. O quizá pudiera pero no quisiera, porque él también la estaba mirando con intensidad. Sería mejor no seguir por aquel camino.

—También está el champán, y los panecillos, los pepinillos, el salmón con el queso…

Ah, claro —parecía aliviada, y Alec se relajó—. No hacía falta ser tan explícito.

A mí me gusta ser explícito. Tengo hambre.

—Entonces, ayúdame a descargar todo esto y te haré un sándwich.

—¿Solo uno? —preguntó Alec mientras salían del coche. Gwen le pasó un saco de comida.

—Será un megasándwich.

Gwen había creído por un momento... pero habría sido una estupidez, una tremenda estupidez. Y muy vergonzosa.

De verdad, las personas no hacían más que tropezar en la misma piedra mil veces. Gwen se sentía muy madura e inteligente por haber reconocido su patrón de escoger hombres absorbentes. Intentaba cambiar y, sin embargo, Alec la atraía aun a sabiendas de que con él cometería los mismos errores.

Debía de ser lo mismo que ponerse a dieta. Solo la palabra «dieta» hacía ansiar la comida que debía eludirse.

—Eh, date prisa —dijo Alec en la escalera, detrás de ella—. Ya casi son las doce.

—¿Y?

—Los fuegos artificiales. Si subimos al tejado, disfrutaremos de una vista magnífica —Alec todavía tenía sus llaves y abrió la puerta del apartamento. Entró corriendo y soltó los sacos—. Olvídate del sándwich. Saca una botella de champan y vámonos. Yo llevo las copas.

—¿Adónde vamos?

—A la escalera de incendios.

¿Crees que aguantará mi peso? —preguntó cuando salieron por la puerta y Alec empezó a desplegar la parte inferior de la escalera de metal.

—Para eso está. Además, hay vecinos que suben al tejado todos los días. Es un lugar estupendo para tomar el sol.

Gwen fue apoyando los pies despacio en los travesaños de metal.

—El sol es malo para la piel —jamás dejaría que Alec viera sus muslos gruesos y lechosos.

Por cierto, no quería pensar que estaba subiendo la escalera detrás de ella. Como vivía en el piso más alto, no tardaron en alcanzar el tejado. No eran los únicos que habían subido a ver los fuegos artificiales, pero los demás vecinos estaban apiñados en el otro extremo del tejado.

Alec se dirigió hacia un voluminoso extractor de aire acondicionado y dejó encima las copas de champán. Se retiró la manga de la muñeca y consultó su reloj.

—Faltan cuarenta y cinco segundos.

Rasgó el envoltorio de la botella de champán y tiró del corcho con cuidado y destreza. Llenó las dos copas y le pasó una.

—¿Dom Perignon en copas de plástico de Scooby Doo?

—Eso dice algo sobre nosotros, ¿no?

—Sí, pero no sé el qué.

—¡Diez! ¡Nueve! ¡Ocho…! —el grupo del otro extremo del tejado empezó la cuenta atrás.

Alec la hizo girar y Gwen pudo ver la explosión de fuegos artificiales en el cielo de Houston.

—Feliz Año Nuevo —brindó Alec, e hizo tintinear su copa con la de ella. Gwen lo imitó y empezó a beber, pero advirtió que Alec la estaba mirando con la más leve de las sonrisas.

Lo más sorprendente de los gestos faciales y las expresiones era que unos milímetros marcaban la diferencia entre la belleza y la vulgaridad y, en aquel caso, entre lo amistoso y lo sensual. Unos milímetros más, y la sonrisa íntima de Alec se habría ampliado con amabilidad. Pero esos milímetros no estaban allí y Alec era el sexo andante.

Quizá ni siquiera lo supiera. Quizá fuera tan apuesto que no pudiera evitarlo. El entorno era perfecto: las doce de la Nochevieja, champán, el esmoquin, el cielo estallando en mil colores a su alrededor. Y aun así… todo el mundo concedía importancia a la persona con quien recibía el Año Nuevo, ¿no? Alec había dicho que quería estar con ella, y había regresado antes de saber que tenía jamón y pavo. Ya estaba.

Sí, ya. Aquella mirada... Gwen ahogó un gemido. Se sentía como una de las chicas malas de las películas de James Bond, a las que el superagente las atraía aunque sabían que era el enemigo.

Toda aquella atracción, análisis y negativas tuvieron lugar en la fracción de segundo en que Gwen se llevó la copa a los labios. Como resultado, bebió demasiado y notó el estallido de las burbujas de champán en la nariz.

—Sí, se ha calentado un poco —dijo Alec al verla toser—. ¿Sabes?, el champán ha sido lo que me ha causado problemas esta noche.

—¿Ah, sí? —Gwen tomó un pequeño sorbo y confió en parecer natural y no muy curiosa.

—Steph esperaba que pagara el champán de nuestra mesa.

—Y no podías permitírtelo.

—Esta vez, no.

—Y ella no lo entendió —«cállate y déjalo hablar».

—No. No era culpa suya. Cuando me presenté, dio por hecho que estaba haciendo una excepción a la norma de pobreza.

—¿Y no se lo explicaste?

Alec lo negó con la cabeza.

—Quizá, si le hubieras...

—Habría dado lo mismo.

Gracias a Dios, había cerrado el pico antes de salvar la relación. Claro que no era de su incumbencia… Gwen suspiró hondo y fuerte. Después, se dijo una vez más que, aunque Alec estuviera libre, no le convenía. Y aunque ella lo atrajera, Gwen acabaría renunciando a sus metas personales para mantener la relación.

Solo tenía que pensar en lo que Alec le había hecho a Stephanie. Se había dejado la piel en aquella gala benéfica y Alec no le había hecho ni caso. Ni siquiera habría asistido si Gwen no hubiese ideado la solución. ¿Creía sinceramente que Alec se comportaría de forma distinta con ella?

—Gwen, te agradezco tu apoyo, pero Steph ha tomado otro camino y no pasa nada.

Gwen parecía tan contrariada con él… A decir verdad, Alec estaba contrariado consigo mismo. Sí, claro, y con Steph, pero había sido culpa de él más que de ella.

—Lo siento —dijo Gwen.

—Y yo, pero no mucho, ¿entiendes? —la vio tomar un sorbo de champán.

—No muy bien.

Gwen estaba contemplando los últimos fuegos artificiales y no le prestaba mucha atención. Quizá por eso sentía ganas de hablar.

—No soy la misma persona que era cuando empezamos a salir, y eso no es justo para ella.

—¿Qué clase de persona eras?

—Bueno, ya sabes.

—No, Alec, no lo sé —se acercó al extractor de aire acondicionado y se encaramó a él.

—Cierto, no me conocías antes de que me mudara aquí —rellenó las copas—. Podría decirse que llevaba una buena vida. Trabajaba mucho, salía a cenar todas las noches. Iba a teatros, clubes, conducía un bonito coche, era miembro del club de tenis, vivía en una casa genial...

—Salías con muchas mujeres...

—No iba a decir eso.

—No hacía falta.

No sonaba como un cumplido.

—No voy a disculparme por salir con mujeres.

Gwen se volvió hacia él.

—¿Qué te hace pensar que espero que lo hagas?

—Bueno... Te has quedado callada.

—Está bien —a Alec no le gustaba cómo sonaba ese «está bien»—. Yo creo que en lo único que has cambiado es en que ya no ganas tanto dinero como antes.

—En parte, sí —reconoció con cautela.

—Yo creo que eso es todo.

—Quizá. Lo único que sé es que ahora veo la vida de otra forma.

—Es decir, que frecuentar los barrios bajos hace que te sientas noble.

—¡Yo no he dicho eso!

Gwen dejó la copa y se abrazó.

—¿Sabes, Alec? Puede que no salga a cenar todas las noches ni tenga un coche lujoso, y ya conoces mi piso, pero creo que llevo una buena vida.

—Y luego las mujeres se extrañan de que los hombres nunca quieran hablar.

—Está bien, retrocedamos. ¿Crees o no crees que Stephanie te dejó...?

—¡He sido yo el que la ha dejado!

—Como quieras. ¿Fue tu pobreza el motivo de la ruptura?

—Mi pobreza es temporal. Pero ¿sabes qué? El dinero me hacía llevar una vida muy ajetreada. Siempre estaba haciendo algo o rodeado de gente. No quiero decir que mi vida fuera superficial, salvo que nunca me paraba a pensar. ¿Y sabes algo más? Se me daban muy bien los negocios porque no tenía miedo a arriesgarme. No tenía por qué cubrirme las espaldas porque, si fallaba, la familia sería mi red de seguridad. Claro, habría consecuencias, pero la inanición no era una de ellas. Quedarme en la calle tampoco, ni que me echaran. Ahora, tengo que pensar mil veces antes de tomar una decisión porque, si cometo un error, el juego se acabó.

—Ahora tampoco vas a morir de inanición.

—No, pero respeto las normas del juego. Y soy una persona distinta por eso.

Gwen lo miraba con fijeza, temblando un poco. Alec se quitó la chaqueta y se la puso en los hombros.

—Qué caballeroso. Gracias.

—Te he arrastrado hasta aquí sin chaqueta.

—No me lo habría perdido por nada del mundo.

—Ya, bueno... Siento haberte soltado un sermón.

—Tampoco habría querido perdérmelo.

Sonreía con ironía, y tenía la voz más grave y ronca de lo normal. Le llamó la atención de una manera que no solía relacionar con Gwen. Mientras la miraba, ella levantó los brazos y se sacó el pelo de debajo de la chaqueta, se lo sacudió y se ciñó las solapas sobre el pecho, enterrándose aún más en su chaqueta.

Alec se quedó sin aliento. Por suerte, Gwen no lo estaba mirando a él sino a los cohetes que estaban lanzando desde los aparcamientos. Por extraño que pareciera, Gwen estaba magnífica a la luz verde y roja. Tenía los ojos más grandes y oscuros de lo normal, y las luces y sombras conferían a su rostro una aspecto más anguloso y misterioso.

Estaba increíblemente atractiva. En realidad, lo increíble eran los sentimientos de Alec. A fin de cuentas, aquella era Gwen. Nunca había sido doloroso mirarla pero... diablos. Debería posar bajo fuegos artificiales mas a menudo.

Había brisa en el tejado y, mientras Gwen tomaba otro sorbo de champán, el aire le enredó un mechón en la copa. Alec alargó el brazo. En aquel momento, Gwen desvió la mirada hacia él. ¿Qué estaba haciendo? Verificó el movimiento y prosiguió, porque si se detenía, Gwen sabría que algo iba mal. No iba nada mal. Todavía.

Alec tomó el mechón de pelo, lo retiró de la copa y se lo colocó detrás de la oreja. Había sido una excusa para tocarla; esperaba que ella no se diera cuenta. Gwen sonrió. Volvía a parecer Gwen y no... y no una Gwen distinta.

—¿No tienes frío? —preguntó, con un pequeño escalofrío. .

—No —«Ja».

Gwen bajó la cabeza y olisqueó la solapa de la chaqueta.

—Poison.

—¿Cómo?

—Huelo a perfume. Poison.

—Es de Stephanie —y se lo había puesto para otro hombre—. Tenía un acompañante de reserva.

Gwen ni siquiera parpadeó por el cambio de tema.

—Qué horror. Aunque reconozco que fue inteligente por su parte, pero violento para ti.

—Él compró el champán para la mesa y yo me batí en generosa retirada.

—Pobrecito.

—No, me alegro de haber ido a la fiesta. Así se me han aclarado unas cuantas cosas en la cabeza —solo que otras empezaban a enredarse.

—¿Qué cosas?

—Como que Stephanie y yo no estábamos hechos para estar juntos a largo plazo.

Gwen puso los ojos en blanco.

—¿Es que algún hombre mira alguna vez a una mujer y piensa en «a largo plazo»? —Alec la miró y bajó la vista enseguida—. ¿Lo ves? Hasta oír la expresión «a largo plazo» te pone nervioso.

—No —la miró con fijeza—. Era pensar en «a largo plazo» con Steph lo que me inquietaba —se había dado cuenta aquella noche y no solo en la gala benéfica sino allí, en el tejado, con Gwen.

Estalló una traca muy cerca y Gwen se

sobresaltó y chocó contra él. Alec la rodeó automáticamente con el brazo para sujetarla. Automáticamente porque había estado deseando tocarla otra vez durante los últimos minutos y tratando de disuadirse. Aquello parecía el destino.

Pero era un hombre maduro. Podía tener impulsos y reprimirlos. No quería echar a perder una amistad maravillosa y avergonzarlos a los dos.

Gwen no lo veía como a un posible novio. Tenía esa certeza porque sabía cómo lo trababan las mujeres que estaban interesadas en él y Gwen no se comportaba así, gracias a Dios. Sin ese elemento de atracción, tampoco había tensión, y era tan fácil estar con ella...

Gwen lo miró sonriente. Las luces del aparcamiento se reflejaban en sus ojos. Si fuera un tipo poético, y no lo era, pensaría que parecían estrellas en sus ojos.

La notaba cálida y suave a su lado. Y aquella sonrisa... Gwen tenía unos labios bonitos. Alec inclinó la cabeza... y ella se quedó inmóvil.

Diablos, ¿qué había hecho? Aquella era Gwen, *Gwen*. No podía besarla. No lo haría.

—Has estado genial —murmuró—. Esta noche necesitaba a una amiga —y alteró la trayectoria para plantarle un beso casto en la mejilla—. Feliz Año Nuevo.

Capítulo Seis

Amiga, Amiga. A... mi... ga. Era increíble cómo una palabra de tres sílabas podía devolver la perspectiva.

Pensó que Alec iba a besarla, y no con aquel contacto leve en la mejilla, sino a besarla de verdad. Habría jurado que la estaba mirando con esa intención. Su cuerpo había creído recibir la señal, y se le había acelerado el pulso. Hasta quizá hubiera ladeado la cabeza. Desde luego, se había humedecido los labios.

Después, oyó la palabra «amiga». No la asimiló a tiempo de evitar el pequeño estremecimiento que le produjo el contacto de los labios de Alec en la mejilla, pero todo su ser acabó recibiendo el mensaje y le respondió con un «Feliz Año Nuevo» natural.

Amiga. Era lo más sensato, la verdad. Y a ella no le importaba. Si se hubieran morreado, habría sido un caso clásico de consecuencia de un rechazo por parte de Alec y de estupidez por la suya.

Por tanto, en señal de amistad, cuando descendieron del tejado, ella lo cargó de comida e insistió en que se la llevara con él en lugar de ceñirse a su plan original de invitarlo a comer en su apartamento durante la semana. Alec pareció sorprenderse un poco de la abundancia de comida, pero ella lo despidió con un alegre:

—¡Para eso están los amigos!

Así que dedicó el resto de la semana a concentrarse en su ascenso. Organizó sus archivos y despejó su mesa. Comió ensalada de almuerzo, con el aliño a un lado. Renunció al helado, aunque su estado de ánimo se lo pedía a gritos.

El viernes, después del trabajo, Gwen entró en la cocina y abrió la puerta del congelador abarrotado de restos de comida. No le sentaría mal un poco de helado... A fin de cuentas, era viernes por la noche. Una tarrina minúscula nada más, y no se la tomaría entera...

El teléfono sonó justo cuando se estaba poniendo la chaqueta, pensando que si iba andando al supermercado, las calorías quemadas compensarían las consumidas. Vaciló; después, contestó con la esperanza de que fuera Alec, despreciándose por desearlo y sabiendo de antemano que no era él porque solía presentarse sin avisar.

Era su madre.

—¿Gwen? Tu padre se ha marchado a Seattle.

—¿En serio? —Gwen parpadeó.

—Sí. Ya han pasado dos días.

La invadieron los remordimientos. No se había olvidado de su padre ni de su venada de volver a la Naturaleza, pero pensó que sus padres resolverían la crisis y que sus vidas volverían a la normalidad. Al no recibir ninguna noticia de ellos, lo había dado por hecho.

—No puede haberse ido, mamá. No se ha despedido.

Se produjo un silencio que hablaba por sí solo.

—¿De verdad se ha ido?

—Sí.

Tal vez fuera una mujer hecha y derecha, pero Gwen sintió una irritación bastante infantil. ¿Su padre se había ido sin despedirse? ¡Qué propio de un hombre! Nunca había pensado en su padre como tal, pero eso era, ¿no?

¿Y su pobre madre? Había engrosado las filas de las esposas rechazadas. Gwen podía identificarse con ella; a fin de cuentas, también era mujer. Le costaba trabajo pensar en ella como tal, pero iba a intentarlo con todas sus fuerzas.

Le dolía la cabeza y se preguntó si se podía tener mono de helado, igual que de café.

—¿Quieres que vaya a verte, mamá?

—¡No! —oyó una carcajada aguda que envolvía una alegría forzada—. En realidad, estoy en tu aparcamiento, llamándote desde el móvil... Iba a jugar al bridge con los Brillstein, pero sin Tom, no podríamos formar el cuarteto, así que he llamado para anular la cita.

Gwen creyó oír un temblor en su voz.

—Entonces, sube a casa, mamá. Estaba a punto de hacerme un sándwich de jamón.

—Para mí no. Estoy desganada.

Gwen colgó el teléfono. ¿Quién habría imaginado que pasaría el viernes por la noche con su madre? No era que se llevara mal con ella si eludían hablar de estilos de vidas y posturas, pero su relación era más de almuerzo que nocturna.

Se dirigió a la cocina y puso agua a hervir. Un té verde sería lo más apropiado para una madre histérica y desganada. Oyó las pisadas de su madre en las escaleras de cemento y metal y fue a abrir la puerta, esperando ver llanto e histeria.

—¡Hola, Gwen! —la saludó su madre al entrar—. Me alegro tanto de que estés en casa...

No había llanto y muy poca histeria.

—Ya no recuerdo cuándo nos vimos las dos solas por última vez.

—El mes pasado, para almorzar —quedaron en el departamento de Menaje de Neiman Marcus y Gwen tuvo que soportar que su madre le señalara la vajilla, la cubertería y la cristalería elegidas por los hijos de un matrimonio amigo. Gwen se ofreció a elegir una vajilla pero, al parecer, era una tarea vedada a los solteros.

—Cierto —Suzanne señaló la chaqueta de Gwen—. Ibas a salir.

—Solo a comprar helado —reconoció Gwen.

—¿Has cenado?

—No.

Suzanne la miró; después, paseó la vista por su apartamento.

—El helado era tu cena, ¿verdad?

—Mmm... En principio, no.

Suzanne desechó la explicación de Gwen con un ademán y dejó caer los hombros hacia delante. Era la primera vez que Gwen veía a su madre hacer algo parecido.

«Mantente erguida, Gwen. Tener la espalda encorvada es señal de debilidad y derrota. Debes ofrecer una imagen segura y confiada, incluso cuando te equivocas. Sobre todo cuando te equivocas».

Gwen se quitó la chaqueta y enderezó la espalda, dispuesta a encararse con su madre.

—Ha habido veces en las que a mi también me apetecía helado para cenar, pero siempre estaba, tu padre... —Suzanne suspiró y enderezó los hombros—. Pero ¿valoraba todo lo que yo hacía? No. Sin ni siquiera decir adiós, deja su trabajo, hace las maletas y se larga —se sentó en el sofá, aunque a Gwen le pareció que, sencillamente, le habían fallado las rodillas—. Ni siquiera sé si tiene suficientes calcetines... nunca se ha hecho las maletas él solo. Pero ya no tengo por qué preocuparme por él.

Gwen oyó que el agua hervía y fue a la cocina a preparar el té.

—Tenías razón, Gwen —le dijo su madre desde el sofá—. Decías que vivía tu peor pesadilla y tenías razón.

Gwen casi se quemó la mano con el agua hirviendo. Debía de haber oído mal.

—Pensaba que Tom y yo éramos socios. Pensaba que éramos muy listos. En lugar de dejarnos la piel cada uno en su trabajo, como todo el mundo, nos la dejábamos en uno solo, el de él. Y éramos los mejores, arrollábamos a la competencia. Tom me decía que la gente le preguntaba cuál era su secreto. Yo era su secreto.

Y nunca le reconocían el mérito, que era lo que Gwen intentaba hacerla comprender. Pero no era el momento de señalárselo. Le puso la taza de té delante, sobre la mesa, y se sentó con cuidado junto a ella en el sofá.

—Papá volverá, y lo sabes —intentó consolarla—. Solo está…

—En El Paso —su madre tomó un pequeño sorbo de té, aunque todavía estaba hirviendo.

—¿Cómo?

—O, al menos, eso me ha dicho esta mañana, cuando llamó —Suzanne buscó un posavasos con la mirada y, al no ver ninguno, usó la guía de televisión para apoyar la taza—. Quería saber si se había dejado su linterna solar en el garaje. Le dije que podía volver y buscarla él mismo.

—¡Mamá!

—Se ha ido por su cuenta —repitió—. Y yo estoy lista para empezar a vivir mi propia vida, igual que tú.

—Bueno, mamá…

A fin de cuentas, solo tengo cincuenta años. Me queda mucha vida por delante. Claro que… —su madre la observaba con expresión calculadora—. Si quiero volver a la caza, tendré que modernizarme —se levantó con ímpetu, y Gwen la imitó—. Quiero mirar en tu armario para ver lo que os ponéis hoy día las más jóvenes.

—¿Mamá? —¿volver a la caza? No. Error. No era un dato computable—. ¿No crees que es un poco pronto para…?

Pero Suzanne había abandonado su té

verde sedante y se dirigía al armario ropero de Gwen. Abrió las puertas antes de que Gwen pudiera rodear el sofá.

Peor aún, había pasado de largo las ropas «holgadas» de Gwen y rebuscaba en el fondo del armario, donde tenía guardadas las «sexys», las que solo podría ponerse cuando las vacas volaran.

—Ya está. Esta debe de ser la ropa que te pones para salir. Mmm, escotada y ceñida, justo lo que necesito.

—¡Mamá!

—Cariño, yo salía con chicos en los sesenta. Sabíamos llevar minifaldas. Esto me gusta —sacó una blusa transparente de gasa que Gwen se había comprado en los últimos días de su relación con Eric, cuando había intentado reavivar algo que ya no podía reavivarse.

Suzanne sacó otra percha.

—Y esta debe de ser la camiseta de tirantes que te pones debajo.

Bueno, no, pero Gwen no tenía intención de corregir a su madre. Además, en aquel instante, Suzanne estaba descolgando la falda... la falda por la que Gwen había renunciado al helado.

—Es un conjunto bonito, ¿no crees? —Suzanne sostuvo en alto las tres piezas—. ¿Me lo prestas?

—¡No!

Suzanne ya había empezado a desvestirse.

—¿Por qué no?

—Porque no —Gwen contempló la falda con nerviosismo. ¿Cuáles eran las normas en una situación como aquella?—. ¿Qué... qué haces?

—Cambiarme de ropa. Voy a salir.

—¿Adónde? —preguntó Gwen con recelo.

—Ya sabes, salir. Y necesito ropa apropiada.

—¡Pero no puedes ponerte eso!

Suzanne se despojó de su falda y se puso la negra. Sin esfuerzo. Después, se subió la cremallera. Con facilidad.

—Me gusta —se miró de lado, después de frente, mientras la falda le acariciaba las piernas con afecto—. Esta tela es maravillosa. ¿De dónde la has sacado?

—De una amiga —balbució Gwen, mientras lanzaba una mirada furibunda a la falda traicionera.

—Tiene algo especial, ¿no?

—Ni te lo imaginas.

Y, a continuación, para horror de Gwen, su madre se quitó su blusa sobria y el sujetador antes de ponerse la camiseta de tirantes y la blusa vaporosa.

—¿Qué haces?

—Solo las jóvenes podéis lucir las tiras del sujetador. A nosotras nos queda chabacano

—Gwen tartamudeó—. Relájate. Solíamos ir sin sujetador.

La palabra clave era «solíamos». Y «madre»; esa también era importante.

—Ya está. ¿Qué tal estoy?

—Mmm... —a decir verdad, bastante bien. Gwen volvió a mirar con enojo la falda. Su madre malinterpretó la expresión.

—Ah, el pelo. Demasiado repeinado, ¿verdad?

—Sí —Gwen aprovechó la excusa; tal vez así su madre se echaría atrás—. Estropea tu imagen. Tendrás que... —Gwen se interrumpió cuando Suzanne entró en el baño para cepillarse el pelo con vigor.

Su madre siempre había llevado una obra de arte fijada con laca y realzada con vetas rubias. Gwen temía que sus cabellos hubieran olvidado cómo moverse.

—¿Qué tal? —Suzanne se volvió hacia ella.

—Se ha desinflado bien —estaba tan distinta... Suzanne se recogió el pelo detrás de las orejas. Estaba mucho más joven y no parecía una madre.

—Ya está —Suzanne se miró en el espejo y sonrió con satisfacción—. Ahora, ¿dónde está el club de moda más próximo?

Gwen no lo sabía de primera mano. Como había desistido de los hombres, también había renunciado a los clubes. Laurie, sin embargo, no.

108

—Fletchers, en la calle Richmond. Pero hace falta conocer a alguien —perfecto; a su madre no la dejarían entrar.

—Entonces, me haré amiga del portero —declaró, y sonrió peligrosamente mientras salía del dormitorio. Gwen hizo una mueca.

—Mamá... —corrió tras ella—. Espera, te acompañaré. Será... será divertido.

—Gwen, cariño, no te lo tomes a mal, pero una mujer no tiene muchas oportunidades de atraer a un hombre con una niña al lado.

—¡Tengo veintiséis años!

Pero su madre ya se había puesto el abrigo y estaba saliendo por la puerta... con la falda.

Gwen vaciló. ¿Y si era cierto que esa estúpida falda atraía a los hombres? Era su *madre* quien la llevaba. Debía ir tras ella.

Se puso la chaqueta, tomó su bolso y las llaves, abrió la puerta de par en par y... chocó con Alec.

—Hola.

Nada más verlo, Gwen dedujo que su madre era lo bastante mayorcita para cuidar de sí misma.

—¿Qué pasa?

Alec intentó sonreír pero no lo logró.

—¿Tanto se nota?

—Sí, tienes un aspecto horrible. Pasa.

Alec frunció el ceño y permaneció en el

umbral, con las manos en los bolsillos de sus pantalones cortos irreverentes. Pantalones cortos y camiseta. Sin chaqueta. Zapatillas de deporte sin calcetines. Estaba adorable; no era justo.

—Pero ibas a salir.

—Ya no. Entra —Gwen dejó la puerta abierta y el bolso sobre la televisión.

—Gracias, Gwen —con un enorme suspiro, Alec se dejó caer en el sofá, inclinó la cabeza hacia atrás y cerró los ojos.

—Sí, ya lo sé, soy una buena amiga —se quitó la chaqueta tras su segundo intento frustrado de salir y lo colgó en el armario. No había visos de que fuera a ponérselo pronto—. Vamos, habla —se sentó en el extremo opuesto del sofá, aunque con Alec medio tumbado en él, no estaba muy lejos.

—Un contratiempo, uno muy gordo. Me gustaría emborracharme, pero no tengo dinero.

Vaya, y pensaste en mí y en mi increíble talento anestésico.

Alec abrió los ojos y miró al techo.

—Será mejor que me vaya.

—¡No! —perpleja, Gwen lo agarró del brazo. Era peor de lo que pensaba—. Cuéntamelo.

Alec flexionó el brazo y ella lo soltó.

—Busqué a un fabricante que ya ha trabajado con mi familia pero, como estoy por mi cuenta, quiere un anticipo. ¿No te parece razonable?

Gwen asintió.

—Pero yo no tengo dinero.

Gwen se contuvo a tiempo de preguntarle cuánto necesitaba.

—Solicité un préstamo, pero fui honrado y rellené la solicitud según mi situación económica actual. Me la negaron. Pensé que era porque querían saber qué bienes tenía en verdad, así que fui a otro banco.

—Y también te lo negaron.

—No, pero querían ver estudios de mercado. Claro que no puedo hacer estudios de mercado sin máquinas y no puedo fabricar máquinas sin un préstamo. ¿Sabes?, mi abuelo empezó con un carrito y con las galletas que hacía su casera, y las repartía personalmente por los edificios de oficinas. Es mucho más fácil conseguir un carrito que una máquina de ejercicios.

—¿Y la máquina que tienes ahora?

—No puedo moverla de un lado a otro y, además, necesito mi propio diseño, que ya tengo.

—¿Se lo enseñaste?

—Si. Los desencantó.

—Será mejor que me hables un poco más de tu negocio.

La expresión de desánimo se disipó en cuanto empezó a hablar. Se retiró el pelo de la frente y gesticuló con las manos, pero la mejor parte era verlo flexionar distintos grupos musculares mientras describía los ejercicios destinados a contrarrestar las largas horas que pasaban los oficinistas sentados ante sus mesas.

—Con dedicarle diez minutos al día, basta.

Gwen despertó de unas fantasías en lasque había dedicado a Alec mucho más de diez minutos al día.

—¿No hace falta nada más?

—No queremos competir con Mister Universo, solo mejorar la salud.

—Pero ¿diez minutos?

—Al cabo de cinco días, son cincuenta minutos; Casi una hora de ejercicio que esa persona no obtendría en ninguna otra parte. No quiero ganarme a los adictos del gimnasio, sino a personas que saben que deberían hacer ejercicio pero que no tienen tiempo para ir al gimnasio después del trabajo, cambiarse de ropa, hacer un calentamiento de un cuarto de hora y emplearse en las máquinas durante treinta o cuarenta y cinco minutos, o más si el gimnasio está atestado, para luego dedicar otra media hora a volver a casa. Claro que ya es tarde, la cena no está preparada todavía y los niños están irritables: Y si hay entrenamiento de fútbol o un partido de béisbol, olvídate. Imposible.

—¿Quién va a preparar la cena?

—¿Cómo?

Gwen lo miró a los ojos.

—He preguntado quién va a preparar la cena. Y los críos... ¿quién va a recogerlos después del entrenamiento de fútbol?

—Gwen... —Alec advirtió de improviso que había entrado en un campo de minas verbal. En lugar de responder con algo así como: «¿Qué otra cosa pueden hacer?», Gwen se había lanzado a tratar el reparto familiar de las tareas del hogar—. Puede que nadie. Puede que los dos se hayan olvidado porque estaban en el gimnasio. Pero no habría sido así si hubieran dedicado diez minutos a mi programa y...

Gwen prorrumpió en carcajadas, lo cual era mucho mejor que verla susceptible y combativa.

—No te das por vencido, ¿verdad?

—No. He venido para que usaras tu varita mágica y resolvieras todos mis problemas.

Seguía riendo.

—No tengo ninguna varita mágica.

—No, pero tienes cerebro. Vamos, piensa. Debe de haber una solución.

No lo decepcionó. Pasaron los siguientes

minutos lanzando ideas y en ningún momento le ofreció dinero. Alec había temido que lo hiciera, así como que se ofendiera cuando se lo rechazara.

En realidad, ya había considerado casi todas las soluciones que Gwen proponía y confiaba en que se le ocurriera la solución más obvia. De hecho, lo mejor sería que se le ocurriera a ella sin que él tuviera que mencionarlo.

—Dijiste que tu abuelo empezó con un solo carrito... ¿y si tú empezaras con una única máquina de ejercicios portátil y fueras de oficina en oficina? Llévasela a la gente; si no, no harán más que darte excusas.

No era mala idea.

—No se me había ocurrido hacerlo así, pero es bastante fácil... con el equipo adecuado.

—¿No has estado trabajando en un prototipo?

—¿No se nota? —flexionó el brazo, disfrutando de la manera en que ella lo miraba. Flexionó otro grupo de músculos; después uno del otro lado y observó cómo Gwen seguía con la mirada el movimiento de los músculos a través de su pecho hasta el otro brazo.

—¿Sabes? —dijo despacio, sin dejar de mirarlo de una forma muy halagadora—. Ese banco del que hablaste quería estudios de mercado. ¿Has hecho alguno?

Gwen iba por buen camino.

—Claro, pero quieren pruebas con sujetos —estiró las piernas para que ella meditara en la definición—. El problema es persuadir a la gente para que pruebe mi idea. No puedo entrar en una oficina con un prototipo. Cuestiones de responsabilidad legal —esperó.

—Bueno… ¿y yo? Podría ser tu sujeto de prueba.

Bingo.

—¿Te importaría? —desplegó su mejor sonrisa de vendedor—. Serías perfecta. Trabajas en una oficina y eres la clase de persona que busco como cliente —confiaba en que no recordara cómo había descrito la franja de mercado a la que se dirigía. Pero no fue así.

—En otras palabras, estoy en baja forma.

—Iba a decir que no eres una adicta al gimnasio.

Gwen entornó los ojos.

—Pero estabas pensando que estoy en baja forma.

—Bueno, te oí resoplar un poco cuando subimos la escalera hasta el tejado.

—¡Mentira! —lo golpeó con el cojín del sofá.

—Eh, alfeñique, ¿eso es lo más que sabes hacer?

Gwen volvió a colocar el cojín en su sitio.

—No quiero hacerte daño.

—¿A mí?

—Sí. Apuesto a que tu trabajo en la tienda de buscas no te ofrece seguro médico. Así que si te lastimo, tendrías que pagar al médico con el seguro de tu antiguo trabajo, y entonces romperías las reglas del juego, por no hablar de los huesos...

Ven aquí.

—¿Cómo? —preguntó con expresión inocente. Alec flexionó los brazos y unió los puños.

—Intenta impedir que separe los brazos.

—Vamos...

—Hazlo. Si no eres una miedica.

—Ja —lo miró con un destello combativo en los ojos y le agarró los puños—. Di ya.

—Ya.

Alec probó a empujar un poco y se sorprendió al notar que separaba los brazos. Se detuvo y Gwen arrugó el rostro por el esfuerzo. ¿Estaría fingiendo? Empujó un poco más.

—¿Cuándo te rindes? jadeó.

—Gwen...

—¿Ya has tenido bastante?

Notaba cómo le temblaban los músculos, y tenía las mejillas sonrojadas. Se estaba mordiendo el labio.

Alec la miró a los ojos, que no estaban

muy lejos de los de él. Bajó la vista a sus labios, que tampoco distaban mucho de su boca. Deslizó la mirada hacia su escote, que le caía hacia delante. Su pecho tampoco quedaba muy lejos.

Vaya, vaya, vaya.

Lo único que tenía que hacer era abrir los brazos y Gwen sé caería hacia delante, tras lo cual estaba casi seguro de que tendría que besarla. Un beso de verdad, en los labios. Quizá con un poco de lengua.

A Gwen no le haría gracia. No estaba pensando en besar, al menos, no en relación con él. Y tampoco estaba muy seguro de querer que ella deseara besarlo a él.

Bueno, sí estaba seguro. Lo que no había analizado a fondo era lo que ocurriría después y, hasta ese momento, sería mejor dejar las cosas como estaban. Inspiró hondo y olió algo ligero y dulce que lo hizo sonreír. Gwen vio su sonrisa y redobló sus esfuerzos; Alec siguió pensando en besarla y también redobló sus esfuerzos; de hecho, abrió los brazos tan deprisa que Gwen cayó hacia delante y su nariz se estrelló contra su pecho.

Alec la agarró de los antebrazos porque no se atrevía a abrazarla.

—¿Estás bien? —preguntó, confiando en que no notara cómo se le aceleraba el corazón.

—¡Por supuesto que estoy bien! ¡Otra vez! No, otra vez, no. No podría soportarlo.

Gwen se echó la melena hacia atrás y elevó las manos. Estaba muy... apetecible, pero Alec sabía que no le haría gracia oír eso.

—¿Qué tal si esta vez intentas impedir que junte los brazos?

—Está bien, machote. Le daremos un descanso a ese grupo muscular.

Se situó entre los brazos de Alec y este no tardó en percatarse de su error. Estaba aún más cerca que antes y sonriéndole de una manera que lo incitaba a hacer mucho más que besarla. Unió los brazos de golpe y atrapó las manos de Gwen.

Gwen profirió una exclamación ante su repentina derrota. Se quedaron mirándose a los ojos.

Lo único que Alec necesitaba era una levísima señal. Una mirada suave, que se humedeciera los labios, que los entreabriera, que se inclinara ligeramente hacia él, que dijera: «Bésame, tonto». Pero la señal que recibió fue Gwen tirando de las manos. La soltó al instante.

—Estás fuerte.

No sabía cuánto. Aun así, le estaba poniendo en bandeja una insinuación. Aprovechó la ocasión, agradecido.

—Tú no.

—No, ¿verdad?

Alec necesitaba moverse, apartarse de Gwen, cambiar el ánimo reinante. Cambiar cualquier cosa antes de olvidar que estaba con Gwen.

—Vamos, no te quedes ahí parada. Ponte ropa de gimnasia y nos pondremos manos a la obra.

Capítulo Siete

—¿Ahora? —Gwen clavó la mirada en el hombre responsable de que sintiera los brazos de gelatina... y otras partes del cuerpo, también.

—No dejes para mañana lo que puedas hacer hoy —se puso en pie y los músculos de sus piernas se desplazaron de forma agradable ante sus ojos—. ¿Por qué sigues sentada en el sofá?

«¿Aparte de para disfrutar de la vista?».

—Me gusta el sofá.

Ya podrás descansar luego; es el momento de hacer ejercicio.

Ah, eso. Gwen nunca había sido aficionada a la gimnasia y, por tanto, carecía de los exiguos trajes de aerobic que se ponían las mujeres de los anuncios. Claro que no se los pondría aunque los tuviera.

—Vuelve a tu apartamento e iré a verte cuando esté preparada.

—Tienes cinco... está bien, diez minutos o vendré y te arrastraré.

—Podría cerrar la puerta con llave.

—Y yo, tirarla abajo.

—Pero no lo harías.

La mirada que le dirigió Alec no era tranquilizadora.

—Quizá merezca la pena pagar la factura de una nueva con tal de hacerlo.

—Es un farol, no tienes dinero.

—Cierto —se dirigió a la puerta, la abrió y dio muestras de estar comprobando el peso y los goznes—. Pero tengo orgullo —dijo con suavidad antes de cerrar la puerta sin hacer ruido.

Gwen también tenía orgullo, y sabía que estaba a punto de sufrir un duro golpe.

Habían transcurrido más de diez minutos cuando Gwen, vestida con pantalones cortos y una camiseta arrugados, «¿para qué planchar el algodón antes de guardarlo durante el invierno?», bajó las escaleras de su apartamento, atravesó la explanada de la piscina y entró en el vestíbulo de Alec. Estaba subiendo las escaleras hacia su apartamento, en el que había estado muy pocas veces, cuando la puerta se abrió y lo vio asomar la cabeza.

—Has tardado treinta minutos.

—Me olvidé de contar el tiempo de llegar hasta aquí. ¿Dónde está el gato? —preguntó al llegar al umbral.

—Debajo de la cama. Le he cerrado la puerta —le explicó Alec, y cerró la del apartamento con un sonoro clic. Gwen tragó saliva para controlar los nervios.

—Me encanta cómo has dejado tu piso.

Había arrimado los muebles a la pared y las herramientas y la máquina de ejercicios presidían el salón. La mesa de comedor estaba cubierta de papeles y un ordenador. Gwen dedujo que Alec debía de comer de pie junto a la pila.

—Sí, me alegraré de poder volver a mi casa —le hizo una seña para que se colocara junto a la pared y echó mano a una cámara minúscula.

—¿Fotos de carné? —Gwen no pudo evitar advertir, que Alec parecía estar muy equipado para haber dispuesto únicamente de poco más de diez minutos para prepararse.

—Fotos del antes y del después.

—¿Es necesario? —preguntó Gwen con horror.

—¿Qué voy a poner en el folleto si no?

—¡Hablabas de estudios de mercado! No has dicho nada sobre ningún folleto.

—Entonces, dejémoslo en «documentos» de estudio de mercado.

—Está bien —retrocedió hasta la pared blanca. Alec enfocó la cámara.

—¿Sonrío?

—No, eres un «antes» desgraciado —saltó el flash.

—¿Una cámara digital? La tienda de buscas debe de ir viento en popa.

—La estoy alquilando —Alec ajustó los sensores—. Oye, ¿qué tal si sacas tripa y dejas caer los hombros hacia delante? No pareces muy desgraciada.

Bien podría enamorarse de él en aquel preciso momento, reflexionó Gwen mientras relajaba el estómago y dejaba que Alec le sacara fotografías nada halagadoras.

—Me pondrás uno de esos rectángulos negros en la cara, ¿no?

Le indicó con un dedo que se pusiera de perfil.

—Si insistes…

—Por supuesto. Si no, algún día, cuando quiera formar parte de un club selecto, alguien podría chantajearme.

—Está bien, dejaré borrosa la imagen. Encógete un poco más, pero intenta hacerlo con naturalidad. Sí, baja la cabeza. Así se te marcan más las papadas.

Y, después de enamorarse de él, aquel comentario la haría volver a la realidad de inmediato.

—¿Podrías, mmm, ceñirte un poco más la camiseta?

Gwen lo taladró con la mirada.

—No.

—No era más que una idea —Alec dejó la

cámara junto al ordenador y maldijo entre dientes—. Vaya, acabo de acordarme de que la báscula está en el cuarto de baño, y no puedo abrir la puerta del dormitorio porque el gato saldrá disparado.

Gwen había dejado de respirar al oír la palabra «báscula». Ni hablar. Ni siquiera por Alec.

—¿Sabes cuánto pesas? —le preguntó.

—Sí —hasta el último gramo. Alec tenía el lápiz colocado en posición en una hoja con su nombre. Alzó la vista.

—¿No vas a decírmelo?

—No.

—Gwen...

—Y si crees que alguna mujer de tu franja de mercado le diría cuánto pesa a un bombón como tú, será mejor que tires la toalla.

—¿Soy un bombón? —preguntó con una media sonrisa.

—Como si no lo supieras.

—Resulta agradable oírlo de todas formas —se enderezó y carraspeó—. Sin embargo, la pérdida de peso vende mucho.

—Si hay pérdida de peso de algún tipo, serás el primero en saberlo. Me haré un seguimiento meticuloso.

—Entonces, de acuerdo —dijo, demostrando que sabía cuándo retirarse a tiempo—. Ahora, abre los brazos —se acercó a ella con una cinta métrica.

¡Una cinta métrica! Gwen dio un paso atrás.

—¿Qué haces?

—Tomarte las medidas. Vamos, Gwen —dijo con impaciencia.

«Y que te sirva de lección», se dijo Gwen mientras extendía el brazo. La próxima vez que sintiera el impulso de hacerle la vida más fácil a un hombre, recordaría aquella sensación de humillación absoluta.

Gwen no estaba tan en baja forma como Alec había temido tras su incapacidad de ofrecer una mínima resistencia a sus brazos. No, no estaba en baja forma, ni mucho menos. Solo un poco flácida y con unas cuantas curvas de más...

¿A quién quería engañar? Esperaba que a Gwen, y con desesperación. El sudor descendía por su espalda del esfuerzo que hacía por no echarse la estúpida cinta métrica al hombro y abalanzarse sobre ella.

¡Y pensaba que el incidente del sofá había sido terrible! Aquello era peor, mucho peor. La estaba tocando en lugares que nunca había relacionado con Gwen. Sí, la había catalogado con una mirada de arriba abajo meses atrás, como lo haría cualquier hombre pero, desde entonces, no había sido más que Gwen.

Sí, lo había sorprendido últimamente. En Nochevieja, le pareció bonita. Muy bonita, a decir verdad. Desde entonces, cada día que pasaba la veía mejor, pero no quería echar a perder una amistad sensacional con el sexo. Sabía lo que pasaría. No podrían limitarse a estar juntos porque ella se haría «ilusiones». Todas se las hacían.

Y, debía reconocer, que él también se las haría. De hecho, sus ilusiones estaban creciendo en aquellos precisos momentos.

El brazo no estaba mal. La cintura, tampoco, aunque ella se levantó la camiseta y le rozó la piel tersa del estómago. Pero soló fugazmente.

Intentó no pensar mientras deslizaba la cinta hacia abajo y le medía rápidamente el abdomen y las caderas. Pero claro que pensó; casi se olvidó de leer las mediciones de tanto que pensaba. Y en lo que estaba pensando era en que acabaría teniendo que medirle el pecho. Reservaría lo mejor para el final, pensó. Aunque quizá debiera pedirle que se tomara ella misma la medida. Sí, eso sería lo más sensato.

Hacía mucho, mucho tiempo, que no estaba tan cerca de una mujer: el baile con Stephanie no contaba; no había sentido nada. Su relación se había basado en una atracción superficial. En cambio, con Gwen...

Un hermoso sábado de octubre, cuando buscaba a Armaggedon entre los arbustos del otro lado del complejo de apartamentos, oyó la música de Scooby Doo por la ventana abierta del salón de Gwen. Su placer secreto. Mientras escuchaba, oyó a una mujer adulta recitando el diálogo con la televisión y supo que debía conocerla.

Abandonó la búsqueda del felino y subió las escaleras; llamó a su puerta antes de pensar en lo que alegaría, de modo que, cuando Gwen abrió, balbució la verdad y acabó diciendo:

—Así que, aquí me tienes, intentando convencerte de que no soy un asesino para que me invites a ver el resto del episodio.

Gwen se recostó en el marco.

—No te resultará fácil. Podrías ser un asesino con una afición fetichista por los dibujos animados.

—Lo sé.

—A ver, si quisieras matar a alguien, ¿qué método emplearías?

—¿Veneno?

—¿Por qué veneno y no una pistola?

—No tengo pistola.

—¿Un cuchillo?

—Tampoco tengo.

—¿Con qué cocinas si no?

—No cocino mucho.

—¿Y por qué no contratas a un matón?

—Estoy sin blanca.

Gwen asintió con expresión pensativa.

—Entonces, ¿cómo te desharías del cadáver?

—¿Llamando a la policía?

Gwen abrió la puerta de par en par.

—Pasa. Me consolaré pensando que si de verdad eres un asesino, te atraparán enseguida.

Alec sonrió y la siguió al sofá.

—Por cierto, no vamos a tomar nada de comer ni de beber.

Vieron el resto del episodio y tres más. Al día siguiente, Alec le llevó un donut en una bolsa de papel decorada con una calavera. Gwen lo obligó a comerse la mitad.

Y, como suele decirse, aquello fue el comienzo de una hermosa amistad. Debía concentrarse en esa amistad y no en labios, piel y... y otras cosas.

—Y ahora, tendrás que ayudarme con tu pecho.

Gwen abrió los ojos de par en par, pero Alec siguió hablando. No sabía lo que decía, pero debió de resultar convincente porque Gwen se colocó la cinta y leyó los números.

—No está mal —murmuró Alec.

—Gracias.

A Alec le ardían las orejas. No había tenido intención de decirlo en voz alta. Clavó la mirada en la ficha.

—No, nada mal. Eres la candidata perfecta para diez minutos al día. No estás en baja forma pero podrías mejorar tonificando los músculos —se atrevió a mirarla a los ojos, sin saber qué expresión encontraría.

Pero Gwen no le estaba prestando atención; se encontraba de pie junto a su prototipo.

—Ni siquiera sé cómo funciona esto.

Lo invadió un gran alivio.

—Permíteme —trabajar con la máquina sería mil veces más fácil que estar cerca de ella—. Mientras preparo la máquina, quiero que camines sin moverte y balancees los brazos.

Gwen empezó a caminar.

—Se me acaba de ocurrir una cosa. Tus clientes no llevarán ropa de gimnasia, y a las mujeres no les gusta sudar envueltas en seda.

Por su cabeza pasó una imagen de Gwen sudorosa y envuelta en seda.

—La sudoración será mínima. Y pueden quitarse los zapatos.

—¿Y las medias? Les estorbarán.

Alec imaginó a Gwen quitándose las medias muy despacio.

—Entonces, que se las quiten. Muy bien, ya has calentado bastante.

—Estoy ardiendo.

La imagen de Gwen ardiendo de pasión le abrasó la mente.

—Siéntate —le indicó con severidad. Gwen se cuadró y obedeció—. A horcajadas pasó una pierna al otro lado y se quedó sentada frente a él. Alec se arrodilló y le agarró el tobillo—. Pon este pie aquí y el otro allí, como si cerraras las rodillas en torno a... —imaginó a Gwen cerrando las piernas en torno a él.

Alec empezaba a perder la paciencia con su mente. Debía concentrarse. Gwen era su primer sujeto de prueba y si ella tenía dificultades, otros también las tendrían. Además, no hacía más que olvidarse del guión.

—Para compensar las largas horas que un oficinista pasa sentado delante de un ordenador, me he concentrado en los abdominales, cuello, hombros y brazos.

—Suena bien.

Le colocó un cojín de soporte contra el pecho.

—Quiero que dejes caer los brazos por delante y te reclines sobre esto —esperó a que se colocara en posición—. Ahora, empuja con las rodillas.

Gwen empujó, pero no pasó nada. Alec tomó una llave inglesa y aflojó la tensión de la barra. Gwen se precipitó hacia abajo.

—¡Ay! Lo he notado en la espalda.

—De eso se trata, de estirar los músculos de la espalda para evitar que se agarroten y de acrecentar la circulación de los muslos.

—Qué delicia —Gwen apoyó la cabeza en el cojín, cerró los ojos y empezó a levantar y bajar las rodillas de forma lenta y rítmica, haciendo una buena imitación de Armaggedon al estirarse después de una siesta—. Mmm —ronroneaba con cada repetición. Alec notaba la garganta seca.

—Sí, bueno —tragó saliva—. Bien.

—Es mejor que bien. La gente pagará una fortuna por hacer esto. Aaah… —frunció los labios. Alec estaba sudando.

—Se acabó el minuto —gracias a Dios—. Ya es hora de cambiar de posición.

—¡Necesito más de un minuto!

—No puedes disponer de más de un minuto —Alec le quitó el cojín y le colocó las rodillas sobre la barra. Cambió de posición otra barra y le colocó los brazos debajo—. Ahora, los abdominales. Empieza.

Inició los movimientos lentos que a Alec lo distraían tanto.

—Bueno, dime. ¿Qué formación has recibido para hacer esto?

—Formal, ninguna. El monitor de mi gimnasio me ha estado ayudando a crear la tabla.

—¿Te está proporcionando toda esta información por amor al arte?

—Por eso y por la posibilidad de hacerse socio si esto sale adelante. Ahora, los hombros. Retrocede y agarra la barra que tienes encima—. Así no; mueve las manos.

—Enséñame.

Pero no podía hacerlo sin sentarse a horcajadas en el asiento frente a ella. Intentó hacerlo con un sentido práctico que ocultara lo reacio que estaba a que sus rodillas entraran en contacto. Mantuvo la mirada en su mano, y le movió los nudillos para que la muñeca quedara recta. Estaba deslizando la vista hacia la otra mano cuando la mirada fija de Gwen interceptó la de él.

Estaba muy quieta, con los ojos muy abiertos y las pupilas muy dilatadas. Alec estaba lo bastante cerca para ver el brillo de sudor en la nariz y en el labio superior de Gwen; sentía el calor que irradiaba su cuerpo, su pecho se movía, y con cada respiración se acercaba al de él. Alec se alegraba de que, al menos, uno de ellos estuviera respirando, porque él iba a desmayarse por falta de oxígeno. Nunca en la vida había deseado tanto besar a una mujer; pero era mucho más que eso: deseaba que ella también lo besara.

—Esto está demasiado tenso —susurró Gwen.

—Y que lo digas.

—¿No vas a arreglarlo?

¡Y tanto que quería arreglarlo! Alec sonrió de oreja a oreja.

—Alec, esto no tiene gracia. La barra me va a arrancar los brazos.

La barra. Alec se puso en pie tan deprisa que se golpeó la cabeza con el soporte de metal. Gwen profirió una exclamación y soltó la barra, que salió disparada y le asestó otro golpe en la barbilla.

—¡Dios mío!

—¡No te muevas! —le ordenó cuando ella intentó ponerse en pie. Se palpó con cuidado la mandíbula.

—Te has hecho daño?

Un golpe en la cabeza era justo lo que necesitaba.

—Sobreviviré, pero tengo que resolver algunas cuestiones de seguridad. ¿Qué tal si lo dejamos por hoy?

—Claro.

Capítulo Ocho

Gwen borró de su memoria los detalles de su sesión de gimnasia del viernes por la noche, aunque unas pocas agujetas le impidieron destruirlos por completo.

Alec no estaba en absoluto interesado en ella y, después de su exhibición de incompetencia, las posibilidades se reducían. Quizá algún día, pensó Gwen, cuando se sintiera más competente y segura de sí misma, abordaría a Alec. Y ¿qué mejor manera de mejorar su autoestima que conseguir un ascenso y un jugoso aumento de sueldo?

Descolgó el teléfono y realizó varias llamadas interesándose por los filtros de café ecológicos. Estaba anotando los datos en una hoja de cálculo cuando Laurie llamó a la puerta de su pequeño rectángulo separado por mamparas.

—Vaya, si estás viva. ¿Qué te trae por este lado del edificio?

—Esto —Laurie sonrió y le arrojó una carpeta de cartulina con el informe de ventas del cuarto trimestre—. Al menos, esa es mi excusa oficial. Pero lo que quería hacer era contártelo todo sobre Brian —arrastró una silla del pasillo hasta el escritorio de Gwen.

Qué alegría. Laurie había desaparecido de la faz de la tierra con Brian desde Nochevieja y por fin iba a torturarla con los detalles que, a juzgar por su expresión gozosa, serían muchos y envidiables.

—Gwen, es maaaravilloso.

Gwen acercó los dedos hacia el informe trimestral. Lo habían emitido antes de tiempo porque estaban preparando el informe de todo el año.

—Y tan generoso... No sé si me entiendes.

—No —contestó Gwen distraídamente, mientras intentaba idear la manera de comprobar qué lugar ocupaba su región en la lista de las cifras de ventas sin que su amiga se diera cuenta. Pero Laurie se inclinó hacia delante, impidiéndoselo.

—Tiene lengua y sabe cómo usarla —murmuró con un estremecimiento de placer.

Gwen no deseaba mantener aquella conversación ya que no tenía experiencia de primera mano, es decir, de primera lengua, que aportar. Solo por educación, prestó atención a los detalles, que eran tan envidiables como había sospechado; después, preguntó:

—Entonces, ¿qué tiene de malo?

—¿Por qué crees que tiene algo de malo?

—Siempre hay algo —contestó Gwen—. Parece perfecto pero sigue soltero. ¿Cuál es el problema?

—Es abogado —reconoció Laurie con el ceño fruncido, y trabaja unas ochenta horas semanales. La semana pasada estaba de vacaciones —suspiró—. No sé cuándo volveré a verlo.

—Mmm... ¿De noche?

—Tal vez. Dice que, a veces, un grupo de su oficina va a Fletchers a tomarse una copa. Podría dejarme caer por allí —Gwen siguió fingiendo que se compadecía de ella unos minutos más y, por fin, Laurie se puso en pie—. Tengo que volver al trabajo.

En cuanto salió por la puerta, Gwen se abalanzó sobre las cifras de ventas y se llevó una decepción al comprobar que la región del sudoeste, la suya, estaba en el medio, como el año pasado.

—¿Es ese el informe del último trimestre? —al oír a su jefe, Gwen se sobresaltó.

—Sí.

El señor Eltzburg se lo quitó de las manos.

—¿Cuándo lo has conseguido?

—Una amiga mía trabaja en ese departamento. Los están distribuyendo —Laurie no se metería en líos, ¿no? En aquel momento, Gwen recordó la promesa que se había hecho de ser más agresiva en sus contactos profesionales—. Me interesa mucho nuestro puesto de ventas, ya que llevo algunas de las cuentas de marketing; Hemos subido un punto, pero todavía, nos queda mucho camino por recorrer para alcanzar el tercer puesto.

—Minm —el señor Eltzburg estaba hojeando el informe con semblante inexpresivo. Gwen tragó saliva.

—Creo que es engañoso utilizar el volumen de ventas como único criterio de rango —hizo una pausa para regañarse interiormente y advirtió que había captado la atención del señor Eltzburg. La estaba mirando como si esperara oír su opinión. Era una situación tan novedosa que casi se olvidó de lo que iba a decir—. Estamos en la región sudoeste; ¡aquí siempre hace más calor! La gente no bebe tanto café en los meses cálidos. Las regiones más frías siempre serán las que más vendan.

—Cierto —la miró con expresión pensativa antes de devolverle el informe—. Claro que dará lo mismo cuando se sepa que las ventas generales han bajado de forma considerable. Adiós a mi bonificación —masculló mientras salía.

¿Bonificación? ¿Su jefe cobraba una bonificación: él solito, sin ni siquiera regalar una caja de donuts a sus empleados en señal de agradecimiento? Cuando Gwen consiguiera su ascenso, se acordaría de su plantilla.

«Su plantilla» sonaba muy bien.

Con ese pensamiento, Gwen volvió a estudiar el informe trimestral. Debía de haber algo allí que pudiera ayudarla a ascender.

¿Podía haber algo más árido que un informe trimestral?

Gwen regresaba a casa del trabajo. Nada más poner el pie en el primer peldaño de sus escaleras, Alec la alcanzó. Parecía haberse recuperado por completo del viernes por la noche; no tenía moretones visibles en la mandíbula. Las únicas heridas de la velada habían sido las sufridas por Gwen en su orgullo.

—¿Preparada para la segunda ronda? —le preguntó, sonriente.

—Eres un poco sádico, ¿no? —tratando de no jadear, Gwen empezó a subir las escaleras.

—Es una cuestión de perseverancia y determinación. Bueno, ¿qué dices? —era tan encantador que Gwen empezaba a sucumbir a su encanto.

—¿Es obligatorio?

—No, no lo es.

—Pero me darás la lata hasta que haga los diez minutos, ¿verdad?

—Exacto.

Gwen puso los ojos en blanco y abrió la puerta de su apartamento.

—Me cambiaré.

—Luego te prepararé la cena. Jamón.

—Qué bien.

Gwen se puso los pantalones cortos y la camiseta del otro día. Cuando salió del dormitorio, Alec estaba leyendo la programación de la televisión desde una de las banquetas de la cocina.

—Últimamente, eres una chica muy popular.

—¿Y eso?

Alec señaló el contestador.

—Tienes un montón de mensajes.

Gwen leyó la cifra roja: catorce. ¿Catorce? Nunca había recibido tantos mensajes. Se olvidó de Alec un momento, lo cual demostraba lo insólita que era la situación, y pulsó la tecla de reproducción. Había un par de clics de que habían colgado y doce mensajes de su padre.

—Entonces, ¿de verdad se ha ido? —la voz grave de Alec contenía un ápice de compasión. No lo bastante para avergonzarla pero sí para reflejar preocupación, lo cual la irritaba por alguna razón que desconocía.

—Supongo que sí.

Su padre la estaba llamando desde una

tienda de comestibles de un pueblo remoto y minúsculo, y llevaba horas esperando allí. Al parecer, había estado intentando localizar a la madre de Gwen y le había resultado imposible. Gwen consultó su reloj.

—Papá ha dicho que llamaría cada media hora, así que volverá a intentarlo a las siete, imagino.

—Quedan veinte minutos; tiempo de sobra para unos ejercicios.

—Alec, no creo que…

—Claro que sí. Si no, te pasarás los próximos veinte minutos comiéndote las uñas. El ejercicio es justo lo que necesitas —se puso en pie y le tendió una mano. Tenía razón y los dos lo sabían. Gwen dejó que la arrastrara hacía la puerta.

—Está bien, pero el paseo hasta tu casa será el calentamiento.

—En ese caso —le sonrió Alec, iremos corriendo.

Durante los tres últimos días, Alec había colocado de otra forma las barras de soporte de su máquina de ejercicios y había alterado el orden de los mismos. El proceso completo se acercaba más a los quince minutos que a los diez, pero Alec se quedó visiblemente satisfecho cuando terminaron. A Gwen le habría gustado deleitarse con su buen humor (además, se había ofrecido a preparar la cena), pero regresó a su apartamento.

El teléfono empezó a sonar en cuanto entró por la puerta, aunque todavía faltaban varios minutos para las siete.

—¡Gwen! ¿Va todo bien? —su padre estaba frenético.

—Papá, trabajo durante el día y hay una diferencia horaria de dos horas.

—Ah, claro. ¡Pero eso no explica dónde se ha metido tu madre!

Gwen combatió un creciente rencor.

—¿A ti qué te importa?

—¿A qué viene esa pregunta?

—Te has ido, y sin ni despedirte siquiera —añadió.

—Si no recuerdo mal, fuiste tú la que se fue en Nochevieja sin despedirse.

—No es lo mismo —y no lo era. Ni mucho menos.

—¿Dónde está tu madre? —preguntó Tom; parecía cansado.

—No lo sé.

—¿Y eso no te preocupa?

—Debe de estar por ahí, viviendo su propia vida —contestó Gwen. Sentía crecer la oleada de palabras ásperas y sabía que iba a decir algo que no debía.

—Necesito hablar con ella.

—Puede que ella no necesite hablar contigo.

Oyó un profundo suspiro.

—Gwen, hay cosas que no entiendes.

Fue la gota que desbordó el vaso.

—¡No, eres tú el que no lo entiende! Mamá se ha pasado la vida desviviéndose por ti, haciéndote todo el trabajo sucio para que te convirtieras en un pez gordo. ¿Le has dado las gracias alguna vez? ¿Te has dado cuenta siquiera? Pues te diré una cosa, papá: yo me he dado cuenta y no pienso repetir su error. Ni loca —lo último lo dijo para tranquilizarse.

Su padre le habló en un tono que nunca le había oído usar. Le recordaba a su jefe, el señor Eltzburg.

—Si no te importa asegurarte de que tu madre se encuentra bien, hazlo, por favor. Si cualquiera de las dos necesita ponerse en contacto conmigo, podéis llamar a esta tienda y dejar un mensaje a los Bryce. Son los dueños.

Gwen permaneció en pie junto al teléfono durante varios minutos después de colgar. Detestaba despedirse de su padre de aquella manera, pero la situación era tan frustrante que sentía deseos de gritar. De hecho, profirió una exclamación cuando oyó el golpe de nudillos en la puerta.

—¿Gwen, estás bien?

Alec quería saber cómo se encontraba; un hombre se mostraba preocupado por ella. Suspiró.

—No —contestó.

—Ábreme.

Gwen abrió la puerta.

—Los hombres sois ratas rastreras. ¿Todavía quieres parar?

—Claro. Si no lo hiciera, sería la clase de acción rastrera que esperarías —se dirigió al sofá y se dejó caer en su lugar acostumbrado. Gwen lo siguió.

—Esto no tiene gracia —repuso, sintiendo el escozor de las lágrimas. Parpadeó deprisa, decidida a salir disparada si era necesario.

—Ah, Gwen —sin darse cuenta, Alec se había arrimado lo bastante para pasarle un brazo por los hombros y atraerla hada él. Gwen tenía la cabeza debajo de su barbilla—. Háblame.

Gwen notó la vibración de su voz en la frente. Alec era tan sólido y cálido, y la hacía sentirse tan segura, protegida y todas esas sensaciones políticamente incorrectas que las mujeres independientes no debían sentir... Así que se desahogó y liberó todas sus frustraciones y reproches acumulados. Hasta le habló un poco de Eric, lo cual era estúpido, porque ningún hombre quería oír quejas de relaciones anteriores.

Pero Alec no dijo ni una palabra; se limitó a masajearle el hombro con suavidad, a mantener la barbilla apoyada sobre la coronilla de

Gwen y a dejarla sentir los latidos regulares de su corazón. Al menos logró contener el llanto. Pasado un tiempo, se tranquilizó.

—¿Sabes?, mi madre y yo siempre hemos discutido de cómo vivía volcada en papá. No podía creer que una mujer que se había criado durante la liberación femenina adoptara un estilo de vida tan retrógrado, pero ella aseguraba que tenía un plan y yo le decía que era un plan estúpido. Le advertía que esto podría llegar a suceder pero, sinceramente, jamás lo creí posible. Detesto tener razón.

—Puede que no la tengas.

Gwen se apartó de los brazos de Alec en contra de sus deseos de permanecer en ellos.

—¿Cómo puedes decir eso? Mi madre se ha quedado aquí, abandonada, mientras que mi padre se ha ido al otro extremo del país a vivir como un ermitaño.

—Gwen, llevan casados casi treinta años. Hay cosas que no puedes saber.

Su padre había dicho lo mismo.

—Aun así, es asqueroso. No pienso vivir volcándome en ningún hombre, ni...

Sonó el teléfono. Gwen estaba harta de su padre y decidió no contestar, sobre todo porque no le importaría que Alec siguiera estrechándola entre sus brazos y...

—Gwen, soy Laurie —a juzgar por el ruido de fondo, estaba en una fiesta—. Mira, ya sé que no es asunto mío, pero si fuera mi madre y una amiga mía la viera, querría que esa amiga me lo dijera...

Por extraño que pareciera, fue Alec quien se abalanzó primero sobre el teléfono. Gwen se había quedado petrificada en el sofá.

—Laurie, te la paso —le acercó el teléfono.

—¿Laurie?

—Gwen, estoy en Fletchers. Tu madre esta aquí y... verás, está rodeada de hombres y...

—*¿Qué?*

—Bueno, está coqueteando y pagando rondas y... Maldita sea, Gwen, creo que va a irse a casa con uno de ellos.

Gwen comprendió al instante la expresión «helarse la sangre».

—No dejes que se vaya. Voy para allá.

—No sé si podré conseguir que te dejen pasar.

—Entraré aunque tenga que tirar la puerta abajo —conmocionada, Gwen dejó el teléfono en el cargador—. Mamá está en Fletchers y se ha vuelto loca.

Alec echó a andar hacia la puerta.

—Te espero en el aparcamiento.

—Alec, no tienes por qué meterte en esto.

La mirada que le dirigió rebosaba arrogancia y burla.

—No tienes mucha fe en mi, ¿verdad? —dijo, y se fue.

Gwen no tenía tiempo para pensar en eso; debía buscar un conjunto apropiado para poder rescatar a su madre de un club de moda al que a ella le impedirían pasar. No tenía la ropa indicada o, mejor dicho, no le cabía. Pero tenía los zapatos.

Se puso unos pantalones negros de seda, sus tacones altos italianos con los que se le helarían los dedos y se desabrochó un botón de más de una de sus blusas. Se pintó los ojos con lápiz negro y confió en que pensaran que le iba el «look» bohemio.

O el de la hija aterrada que acababa de salir de la cama.

Bajó las escaleras lo más deprisa que pudo sin doblarse el tobillo y corrió hacia el coche. Alec ya estaba allí. Llevaba una camisa y pantalones pero, por alguna razón, eran algo más que una camisa y unos pantalones corrientes. Quizá fueran las luces del aparcamiento.

Richmond solo estaba a una manzana de distancia, pero parecían haber entrado en otro mundo. Había clubes y restaurantes a ambos lados de la calle. Gwen condujo por la senda de entrada cubierta y esperó a que se acercara uno de los «anfitriones» que estaban en la entrada de Fletchers.

No tenían prisa por aproximarse al coche. En circunstancias normales, Gwen se habría sentido intimidada, pero la situación distaba de ser normal. Miró con fijeza al forzudo con traje hecho a medida para su musculatura, pensó que él no necesitaba gimnasia de diez minutos, y enarcó una ceja ligeramente. Bastó para atraerlo al coche.

—¿En qué puedo ayudarla, señorita?

—¿Es usted el aparcacoches? —preguntó, e intentó abrir la puerta del vehículo. No podía porque el forzudo estaba reclinado sobre ella.

—Señorita, esto es una fiesta privada.

—No, es Fletchers y voy a entrar —el hombre lo negó con la cabeza levísimamente—. Mi madre ya está dentro.

La incertidumbre afloró en su rostro, y Gwen dedujo que lo había sorprendido, cosa que no debía de ocurrir con frecuencia.

—¿Cómo estás, Devon? —preguntó Alec en voz baja. desde su asiento. Puso el acento en la segunda sílaba del nombre del forzudo. Este se agachó para mirar dentro del coche.

—Señor Fleming. Bienvenido, señor.

El forzudo abrió la puerta tan deprisa que Gwen estuvo a punto de aterrizar sobre el asfalto. Aun así, al sacar las piernas advirtió que De*von* se fijaba en sus zapatos y se maravilló del cambio sutil de actitud hacia ella al ayudarla a apearse del coche.

—Devon, esta es la señorita Kempner —informó Alec al hombretón mientras rodeaba el vehículo. Gwen reparó en que Alec le pasaba un billete doblado, pero fingió no haberse dado cuenta.

—¿Qué bebe, señorita Kempner? —preguntó Devon mientras despachaba al aparcacoches y se acomodaba personalmente detrás del volante.

Estupendo, un test de bebidas. Gwen exhaló un suspiro elaborado.

—Siguen gustándome los Cosmopolitan —supuso que el cóctel ya estaba pasado, de moda, pero no conocía la bebida del momento. Devon asintió y se alejó con su coche.

Alec se metió las manos en los bolsillos, ladeó la cabeza y le miró los zapatos.

—¿Sabes que llevas unos zapatos excelentes?

Gwen lo sabía, pero ignoraba que los hombres se fijaran en esas cosas. Y dos en una misma noche, nada menos; debía empezar a ahorrar de inmediato para comprarse otro par.

—Dime, Alec, no es que no te lo agradezca, pero ¿cómo es posible que un empresario en ciernes conozca al matón de Fletchers?

—Porque antes de que los dueños abrieran Fletchers tenían otro club privado llamado Pews, que estaba en una antigua iglesia. Antes de eso, tenían el Michelangelo, sobrio y artístico. Y antes, el 88, un piano bar, y...

—Ya lo he entendido.

—Y yo no calificaría a Devon de matón.

—¿Ah, no? Entonces, ¿qué es?

—Una persona a la que te convendría tener de tu lado.

Se acercaron a la puerta, que se abrió hacia dentro a su llegada, y en la entrada los esperaba una camarera con dos bebidas sobre la bandeja: una de color ámbar y otra con su cóctel de martini.

—Devon desea que sean sus invitados esta noche —dijo la camarera.

—Exprésele nuestra gratitud —Alec sonrió y deslizó con sigilo otro de sus billetes doblados.

Gwen se habría sentido más culpable porque Alec estuviera gastándose dinero, y sabía que no debía ofrecerse a devolvérselo, de no haber estado abrasándose las papilas gustativas con su copa. Aun así, era un bonito accesorio para su mano mientras paseaba la mirada por la sala en penumbra.

—Menos mal que estáis aquí —Laurie apareció con Brian y se fijó en Alec, que estaba detrás de Gwen—. Eh, y has conseguido que lo dejen pasar. Enhorabuena.

—Fue él quien consiguió que me dejaran pasar a mí —la corrigió Gwen. Era lo justo.

—¿Ah, sí? —Laurie observó a Alec mientras este y Brian se daban la mano; después, hizo girar a Gwen hacia la barra—. Allí está.

Al mismo tiempo, Gwen oyó una risa muy familiar, aunque no recordaba que su madre hubiera armado nunca tanto alboroto. Pero sí, allí estaba Suzanne, sentada en una banqueta con las piernas cruzadas, y rodeada de hombres de la edad de Gwen.

Y llevaba la falda.

Capítulo Nueve

Alec se alegraba de haberle dado los cincuenta pavos de propina a Devon y tampoco lo molestaban los veinte de la camarera. Si Gwen tenía que volver a Fletchers, no le pondrían ningún problema para entrar.

El hecho de que se hubiera gastado el anticipo para los folletos que quería imprimir no lo contrariaba lo más mínimo. De todas formas, Gwen no estaba lista para la foto del «después». Y de no ser por ella y por la comida sobrante de Nochevieja, no habría podido apartar el dinero de su presupuesto de comida. Pero lo asombraba haber tirado sus ahorros tan alegremente por el bien de Gwen.

Por fortuna, su amiga apareció en aquel preciso instante y Alec no pudo analizar a fondo la sensación. Laurie señaló a la madre de Gwen que, a decir verdad, estaba estupenda. Realmente estupenda. Jamás se lo diría a Gwen y, si ella se lo preguntara, lo achacaría a la distancia. Y a la iluminación. Y a unas piernas muy bonitas que Gwen había heredado. Pero Gwen no iba a preguntárselo, porque caminaba en línea recta hacia su madre olvidándose de que él estaba allí.

Apuró su bourbon antes de seguirla y otro apareció milagrosamente a su lado. Empezó a rechazarlo pero pensó: ¿qué diablos? No iba a conducir y la noche se presentaba complicada.

Gwen atravesó el cerco de hombres y alcanzó a su madre.

—¡Gwen! ¿Qué haces aquí?

—Dar una vuelta —se encaramó a una banqueta que acababa de quedar libre y se llevó su copa a los labios.

Alec se alegró de que no le gustaran las escenas, y se abrió paso con más dificultad que Gwen. Su madre se fijó en él.

—¿Y quién es este chico tan guapo? Hola, soy Suze.

—¿*Suze?* —su madre lanzó una mirada de advertencia a Gwen—. Mmm, es Alec. Es...

—Soy su pareja —intervino Alec, porque quería que todos los hombres de los alrededores lo supieran a ciencia cierta. Claro que no estaba en condiciones de analizar por qué quería que lo supieran.

—¡Gwen! —«Suze» le dio la mano y miró a su hija con la ceja arqueada, lo cual no dejó de resultar halagador—. Y ahora, quiero que conozcáis a mis amigos —la madre de Gwen contempló sonriente a sus admiradores—. Este es Antonio —agarró del brazo al joven que estaba a su lado—. Y Jason, Travis, Rob, Dirk, Colt, Mattiew, C.J. y... Lorenzo —pronunció el último nombre con voz sugerente y se inclinó hacia él.

Alec se consideraba un hombre con escrúpulos, entre ellos, el de fijarse en el escote de la madre de su pareja. Sin embargo, Lorenzo no era la pareja de Gwen, así que no tenía esos escrúpulos. No ocultó su interés.

Gwen estaba palideciendo. Alec se inclinó hacia ella, no siendo menos que Lorenzo... le susurró al oído:

—Vamos a bailar.

—¿Estás loco?

—Tienes que reponerte.

Gwen abandonó su copa y dejó que la apartara de su madre. El circulo se cerró en cuanto salieron de él, y Gwen no dejó de volver la cabeza hasta que entraron en la pista de baile.

—Alec, ¿qué voy a hacer? —gimió mientras él la atraía a sus brazos.

—Puede que nada.

—¡Vamos! Está tonteando con hombres con más de una cadena de oro al cuello.

En aquel momento, la banda empezó a tocar una pieza de salsa y las risas estallaron en el grupo. La madre de Gwen se dirigió hacia la pista con dos de sus admiradores de cadenas de oro.

Gwen no se percató del cambio de ritmo y siguió balanceándose en los brazos de Alec, cosa que a él no le importaba, mientras que su madre… En fin, la mujer sabía bailar, no podía negarlo. Sí, y tanto que sabía. Si se podía llamar «bailar» a aquellos movimientos. Miró a Gwen con anhelo, pero ella solo tenía ojos para su madre contorsionista y para los hombres que se contorsionaban con ella. O, mejor dicho, pegados a ella.

Alec, haz algo. No me hará caso, lo sé.

Alec lo veía venir, pero pronunció la pregunta fatídica de todas formas.

—¿Qué quieres que haga?

—Apártala de esos tipos.

—¿Qué? ¿Quieres que intervenga?

—¿Lo harías?

¿Y.. y bailar así con su madre?

—Ah, no. No…

—Por favor —Gwen lo miraba como si fuera un caballero de brillante armadura.

—Gwen… —mala idea; muy mala idea.

De acuerdo. Alec echó a andar hacia la madre de Gwen aun sabiendo que estaba interviniendo en una de esas situaciones de derrota segura que las mujeres tenían la habilidad de provocar.

—¿Me estás siguiendo? —le preguntó Alec a Gwen horas más tarde… A las dos de la madrugada, para ser exactos. Mejor dicho, a las dos y once minutos, pero no era preciso ser tan exactos. Bastaba decir que era tarde cuando por fin salieron de Fletchers y se cercioraron de que su madre volvía sola a su casa.

—Sí, te estoy siguiendo —contestó Gwen. Apenas habían hablado de regreso a los apartamentos.

—¿Por qué?

—Porque tienes la llave.

—Sí, de mi piso. El tuyo está en dirección contraria.

—Lo sé.

—Gwen... Estoy agotado.

—No me extraña, después de tanto ejercicio en la pista de baile. El único ejercicio que yo he hecho ha sido ir al servicio de señoras.

Alec guardó silencio un momento. Estaban en el rellano y se volvió hacia ella.

—Gwen, me pediste que interviniera. Sabías con lo que me enfrentaba.

—Sí, con mi madre. Y más que «enfrentarte», te rozabas.

—¿No podemos dejar esto para otro momento? —preguntó en un tono de agotamiento infinito.

—No.

Alec masculló algo que no estaba destinado a los oídos de Gwen y golpeó la puerta una vez antes de insertar la llave. Con una reverencia exagerada, la hizo pasar. Al entrar Gwen vio un gato a rayas grises desapareciendo en el dormitorio.

Gwen fue derecha a la máquina de ejercicios, se sentó, se descalzó y empezó la tabla. Mientras contemplaba, sola, cómo Alec se erigía en vencedor del grupo de admiradores morenos de ojos negros, cadenas al cuello y caderas giratorias, de su madre, se había propuesto conseguir que la falda le entrara.

Alec fue a cerrar la puerta del dormitorio.

—¿Qué haces?

—Ejercicio.

—¿En mitad de la noche?

—Ya es de madrugada. Necesito relajarme —Gwen juntó los brazos a duras penas. Lo sentía por ellos; tendrían que seguir el programa.

Alec la observaba y se inclinaba para corregirle la posición cuando cambiaba de ejercicio. Olía a humo de cigarrillos y a haber estado bailando salsa con su madre. Gwen hizo un par de repeticiones de más y siguió con las piernas.

—Sé que voy a lamentarlo, pero cuéntame por qué estás así.

—Quiero una llave de tu apartamento —Gwen los sorprendió a los dos con aquella petición.

—¿Por qué?

—Para poder venir a hacer la tabla cuando quiera.

El semblante de Alec no se alteró.

—¿Te acordarás de llamar para avisar al gato? —Gwen asintió y él le ajustó la posición de las rodillas—. Te haré una copia.

¿Sin rechistar? ¿De verdad iba a darle una llave? Lo miró a los ojos. Alec la observaba con expresión grave.

—Ahora, explícame a qué viene todo esto.

No tenía por qué explicárselo; no debía. Señalar la humillación de aquella noche no aumentaría su atractivo, si existía la más remota posibilidad de que Alec no se hubiera percatado de lo ocurrido.

Pero... acababa de acceder a darle una llave con la única condición de que avisara al gato. Suspiró.

—Mi madre.

—¡Lo sabía! —Alec se volvió hacia la pared y se dio un par de cabezazos voluntarios.

—¡No! No tienes la culpa. Te agradezco que espantaras a esos tipos.

—De nada —señaló la máquina—. Ya has hecho bastantes flexiones de piernas.

—Pues haré más.

—¿Cuántas más? —preguntó Alec con recelo.

—Tres sesiones al día, como mínimo.

—¡Pero solo puedes hacer diez minutos! Progresarás demasiado deprisa y no podré completar mi estudio de mercado.

No puedo esperar a que hagas tu estudio —le espetó Gwen, pero Alec la interrumpió sentándose frente a ella en la máquina—. Levántate —le pidió Gwen.

—No.

—Tengo que hacer ejercicio —gruñó. Alec no dijo nada. Tampoco se movió. Gwen clavó la mirada en el botón de la camisa del centro de su pecho.

—Tengo que hacer algo. No te imaginas lo humillante que ha sido estar ahí sentada, sola, mientras todos los hombres revoloteaban en torno a mi madre. Vale, ahora mismo no busco una relación, pero no estaría mal que alguien se hubiera fijado en mí.

Alec le levantó la barbilla con el dedo.

—Se fijaban en ti, pero emitías una fuerte señal de no estar interesada.

—¡Mentira! Además, llevaba los zapatos.

—Pero con pantalones.

—¡A ver...! Mi madre llevaba mi falda... —al recordar que todavía no podía ponérsela, agarró la barra superior. Si Alec no se movía, lo golpearía.

Alec se inclinó hacia atrás a medida que ella bajaba la barra y, después, le enderezó las muñecas.

—Puede que fuera responsable de cortar el tráfico hacia tu mesa.

—¿Y eso?

—Les hice saber que estabas conmigo.

—¿Ah, sí?

—Sí.

—¿Cómo?

—Con la mirada, sobre todo —le puso las manos en los bíceps—. Tira.

Resultaba extraño tirar de la barra con las manos de Alec en los brazos. Extraño y sensual. Fue, sin lugar a dudas, la mejor serie de repeticiones.

—¿Así que lanzaste una señal de «alejaos, chicos» por toda la sala?

—Algo así.

—¿Y fue tan fuerte que aunque estabas bailando con mi madre y yo estaba sola en la mesa, la respetaron?

—No anulaste la señal.

—¿Cómo se supone que debía anularla?

—Con miradas y posturas, sobre todo —le quitó la barra de las manos y comprobó el peso. La soltó, se puso en pie e hizo un pequeño ajuste con los dedos.

—Ya sé, ¿así? —Gwen guiñó el ojo y movió los dedos como si dijera «acercaos, amigos». Alec elevó las comisuras de los labios, pero no llegó a sonreír. Se sentó de nuevo a horcajadas frente a ella.

—Prueba otra vez.

Gwen tiró de la barra.

—¡Ay!

—¿Mejor?

—Vas a convertirme en Míster Universo —soltó la barra; de todas formas, los brazos no tenían que entrar en la falda.

—¿Dolorida?

—Un poco —reconoció. Alec empezó a masajearle el brazo.

—Esta noche, estabas pendiente de tu madre —había estado igual de pendiente de él, pero no iba a corregirlo—. No estabas interesada en que te abordaran y se notaba.

Gwen extendió el otro brazo y Alec empezó a masajearlo con movimientos regulares y lentos. Rítmicos. Tenía buenas manos.

—También había hombres en la pista de baile. Podría haber estado fijándome en ellos.

—¿Estableciste contacto visual?

—¿Cómo? ¡Si solo tenían ojos para mi madre!

Alec le soltó el brazo y se puso en pie.

—¿Sabes, Gwen? No reconocerías una señal de un hombre ni aunque te estuviera comiendo.

Gwen también se levantó.

—El que no le infle el ego al primer tipo que pasa por delante no quiere decir que no sepa reconocer el interés de un hombre y, créeme, ninguno me estaba prestando atención esta noche.

—¿De verdad? —Alec parpadeó; después miró hacia la puerta del dormitario—. Me voy a la cama... ¿Te apetece acompañarme?

—Muy gracioso —Gwen recogió su bolso y atravesó el salón—. Buenas noches, Alec. Y gracias,

—De nada —la acompañó hasta la puerta. Con la mano en el pomo, se la quedó mirando, y durante un instante, algo en su expresión la incitó a pensar que iba a darle un beso de despedida. Pero Alec se limitó a abrir la puerta—. Buenas noches, Gwen.

Capítulo Diez

Alec miró por encima del monitor de su ordenador y contempló, malhumorado, cómo Gwen hacía la tabla de ejercicios. Aquella era una mujer con una meta. Lástima que estuviera tan concentrada en ello que estuviera perdiendo otras oportunidades interesantes de hacer ejercicio de otro tipo.

No le pasaba desapercibida la ironía de la situación. Él, que había pasado los últimos seis meses absorto en sacar adelante su negocio, estaba siendo ignorado por una mujer que se había centrado en su profesión.

Bueno, no era que lo ignorara, exactamente. Solo mantenía su amistad tal como era, mientras que Alec quería cambiarla. No sabía muy bien cómo, pero creía que podrían improvisar sobre la marcha.

Gwen pasaba por alto el interés de Alec. Para ser justo, y quería serlo porque resultaba halagador, seguía tratándola como siempre, así que ¿cómo iba ella a saber que ya no la consideraba solo como una amiga? No era que Gwen lo estuviera rechazando, ni nada parecido. No. Sencillamente, tendría que emitir sus señales en una frecuencia distinta a la de cuatro noches atrás.

—Sé que si se me ocurre una sugerencia fabulosa, verán que estoy preparada para un ascenso.

Y con más intensidad, mucha más intensidad.

Gwen no había dejado de parlotear durante su sesión de ejercicios, la segunda del día. Y, si respetaba la rutina de los días anteriores, volvería a aparecer a las nueve de la noche.

Hablando de señales, Alec le había dado una llave de su apartamento pero, hasta el momento, siempre que había querido hacer ejercicio lo había encontrado en casa, así que no le había hecho falta usarla.

—La moda del café de marca ha reducido las ventas de Kwik Koffee. La cuestión es... —Gwen hizo una pausa y se quitó la camiseta dejando al descubierto un sujetador negro de gimnasia sobre su piel blanca perfecta; después, echó mano a la barra de brazos.

Gwen tenía una piel excelente. Alec ahogó un gemido.

—La cuestión es —prosiguió— que nuestro café es tan bueno como el suyo y las pruebas a ciegas demuestran que la gente no puede distinguir nuestro café de máquina expendedora del de marca, así que mejorar la calidad no servirá de nada.

—La percepción lo es todo —Alec se felicitó de poder hablar con normalidad.

—Lo sé, pero una fuerte campaña publicitaria resultaría un coste más elevado que repercutiría en el consumidor.

—¿Sabes? Nosotros tenemos el mismo problema en nuestra compañía —dijo Alec—. Los snacks de marca nos están quitando mercado. La gente está dispuesta a pagar más solo por comprar las marcas que ven en el supermercado.

—Entonces, empezad a vender en los supermercados —dijo Gwen.

Ya lo habían intentado.

—¿Sabes cuánto cuesta que te reserven un espacio en las estanterías?

—No —Gwen miraba a la lejanía; los brazos le caían de forma seductora sobre la barra almohadillada mientras juntaba los muslos.

Alec bajó la vista a la presentación del folleto que había diseñado en su ordenador. Pero no veía la presentación, veía a Gwen moviéndose, flexionando, sudando y... y la oía respirar. Jadear. Y, de vez en cuando, Gwen profería un pequeño gemido que sonaba exactamente igual a...

—¡Quioscos!

—Jesús.

—¡Alec! —riendo, se retiró el pelo de la

cara y se recompuso la coleta. Al hacerlo, dejaba al descubierto mucho más estómago, pero Alec no pensaba señalárselo—. ¿Qué te parecería si pusiéramos quioscos individuales en centros comerciales e incluso en esquinas del centro de la ciudad? Puede que incluso en los vestíbulos de los cines. Nos haríamos publicidad y recaudaríamos dinero. La gente se familiarizaría más con nuestro café porque lo venderíamos más barato que las marcas. Tenemos demasiadas máquinas expendedoras en el almacén y podríamos darles un uso...

Alec abrió la boca, pero se le olvidó lo que iba a decir y, por sorprendente que pareciera, en su cabeza surgió una imagen, no de Gwen, sino de quioscos vendiendo los tentempiés de Fleming Snack Foods.

O quioscos vendiendo tentempiés y café. Le gustaba; le gustaba mucho la idea.

Al instante, abrió un nuevo archivo en su ordenador y empezó a anotar todo lo que se le iba ocurriendo. Hacía meses que no trabajaba en la compañía y no sabía si estaban en fase de expansión, pero Gwen había sacado a relucir un problema con el que ellos ya se habían topado. Y merecía la pena probar su solución.

—Yuuujuuu, Alec —este alzó la vista—. Me voy.

Alec asintió y siguió con su tarea.

Gwen regresó tambaleándose a su apartamento. Aunque hiciera los ejercicios desnuda, Alec no se fijaría en ella. Durante los últimos días, ni siquiera se había molestado en comprobar si adoptaba la postura correcta.

Bueno, todavía le quedaba la esperanza de la falda.

Se la había arrebatado a su madre y estaba colgada en el armario, esperando a que pudiera ponérsela.

Se preparó una ensalada de lechuga con aliño bajo en calorías y llamó a su madre para no sentirse tentada a comer más. Raras veces tenía hambre después de hablar con ella últimamente. Suzanne contestó al teléfono.

—¡Estás en casa! —exclamó Gwen con la boca llena de lechuga.

—Sí —Suzanne suspiró—. Fletchers no ha sido lo mismo las últimas dos noches. Supongo que no querrás llevar a Alec...

—No —Gwen masticó y tragó—. Mamá, ¿no te incomoda ni siquiera un poquito que fuera mi pareja? —Por supuesto que no. Le pediste que bailara conmigo para mantener alejados a los demás.

Gwen estuvo a punto de atragantarse.

—¿Te lo dijo Alec? —¿cómo había sido capaz?

—No hizo falta. Y me conmueve que quisieras protegerme pero, sinceramente, Gwen, no era necesario. Aunque no me habría perdido ese baile por nada del mundo, cariño.

—¿Has sabido algo de papá? —preguntó Gwen deliberadamente. Al paso que iba, ni siquiera se terminaría la ensalada.

—No he hablado con él, pero dejó un mensaje, así que yo les dejé otro a los dueños de la tienda. Les pedí que le dijeran que estaba bien. Y ocupada; sobre todo, ocupada.

Habia llegado el momento de cambiar de tema. Gwen le contó a su madre su plan de los quioscos y, para gran sorpresa suya, Suzanne tenía buenas ideas, muy buenas. Tantas, que tomó nota de ellas.

—Mamá, esto se te da muy bien.

—Llevo años buscando apoyo para las ideas de tu padre. Miraré en mi tarjetero y te daré algunos nombres. Puede que hasta haga un par de llamadas.

—No hace falta.

—Lo haré encantada.

Gwen colgó minutos después sintiéndose un tanto nerviosa por haber implicado a su madre. Pero, al menos, estaba en casa y no frecuentando los bares. Valdría la pena soportar un poco de vergüenza con tal de mantenerla ocupada.

El viernes, una semana y unas treinta

sesiones de ejercicios después de la humillación en Fletchers, Gwen ya estaba lista para tomar helado. Más que lista. Tanto, que compró una tarrina de su favorito: helado de chocolate con nueces, trocitos de chocolate, nata, caramelo y salsa de chocolate. Casi se rompió una uña con las prisas por abrirlo. Metió la cuchara, se llevó un trozo enorme a los labios... y se quedó inmóvil. Notaba el frío, olía el chocolate.

Bajó la cuchara. ¿Habría hecho algún progreso con la falda?

Gwen se quedó mirando el helado. Quería helado, lo necesitaba. Su voluntad empezaba a flaquear.

Gwen se obligó a entrar en el dormitorio y a descolgar la falda. La última vez que se la había puesto, le faltaban dos o tres centímetros para poder abrochársela.

Se quitó los pantalones que llevaba que, por cierto, estaban más holgados de lo que recordaba. Se puso la falda, disfrutando del roce sedoso mientras se la subía por las piernas. Era una tela fabulosa. Con cuidado, encogió el estómago y tiró suavemente de la cremallera. Siguió tirando, y tirando.

Sorprendida, bajó la vista y vio cómo la cremallera ascendía a lo largo de su cadera y se detenía en la cintura. Y solo se había detenido porque no había más cremallera que cerrar. Antes de poder cambiar de idea, enganchó el corchete.

Poco a poco, relajó los músculos del estómago. Y la falda... se mantuvo como estaba, y bastante bien, por cierto.

¡Se había puesto la falda! Gwen se miró en el espejo de cuerpo entero y se puso los zapatos italianos de tacón de aguja.

Perfecto. A continuación, buscó algo con lo que combinarla, y encontró un jersey de punto rojo que siempre le había parecido demasiado ajustado, demasiado escotado y demasiado llamativo.

Sequía siendo demasiado ajustado, escotado y llamativo, pero no le importaba. Estaba sexy, y tenía que enseñárselo a Alec. Sin darse tiempo para pensar, guardó el helado en el congelador, tomó la llave de Alec y se dirigió a su apartamento.

—Alec, ¿estás en casa?

Gwen llegaba pronto, pero a Alec no le importaba. Había estado estudiando algunas cifras sobre su idea de los quioscos y quería hablarle del tema.

—Pasa —le dijo. Se dirigió a la máquina de ejercicios para retirarla de la pared y prepararsela cuando la puerta se abrió.

—¡Tachán! —Gwen entró sonriendo en el salón—. ¡Mira!

A Alec se le secó la garganta.

—¿Gwen?

Ella giró en redondo.

—¿Qué te parece el resultado?

Alec tragó saliva o, al menos, lo intentó. De repente, solo le interesaban unas cifras: las de la figura de Gwen.

—Estás... —hizo un ademán—. Roja —en su interior, empezó a sentir un temblor. Temía que fuera su alma cavernícola, despertándose.

—¿Demasiado roja? —repuso Gwen con expresión compungida.

—No —lo negó con la cabeza. Ella se tiró del jersey.

—¿Demasiado ajustado? ¿Parezco demasiado atrevida?

—No —contestó con voz chillona. Carraspeó, No. Estás muy buena... quiero decir muy *bien*.

—«Bien» no era la imagen que buscaba, pero pensé que con este cuello de pico, el WonderBra sería matador —cruzó los brazos por debajo del pecho forzó un escote impresionante—. No sé... ¿Qué piensas? ¿Escote o no escote?

¿Pensar? ¿Queria que pensara?

—Mmm...

—Sí, tienes razón —soltó sus senos y señaló la falda—. ¿ Y la falda? ¿Qué tal?

A duras penas, Alec desplazó la mirada hacia la falda negra que llevaba puesta. No era ni demasiado ajustada ni demasiado corta... salvo que se ceñía a ella, de forma adorable. Se fijó un poco más. ¿Se transparentaba o solo estaba imaginando sus piernas?

Cuanto más se fijaba, mejor le parecía. Mejor estaba Gwen.

—Vamos, Alec, ¡tengo ganas de salir! Llévame a Fletchers, por favor.

—¿Ahora?

—¡Pues claro que ahora!

Alec contempló el rostro sonriente de Gwen, realzado por el jersey rojo de punto más perfecto del mundo, una falda que le acariciaba las piernas con afecto y unos tacones increíblemente altos que producían un efecto increíble y maravilloso en su forma de andar.

Estaba en un aprieto.

Alec acariciaba su tercera copa sin alcohol de conductor mientras contemplaba con fijeza la pista de baile, en la que Gwen, que afirmaba no saber bailar la salsa, había demostrado ser una alumna aplicada y dotada. Lástima que no hubiera sido él el maestro.

Nada más entrar en Fletchers, le había pasado el brazo por los hombros y había prevenido a los ligones con su mirada típica de:

«Eh, amigo; viene conmigo». A cambio, lo único que había obtenido eran expresiones de: «Sí, claro. Retenla si puedes». El inmenso género masculino nunca se había puesto en contra de uno de sus miembros con tanta celeridad.

Y Gwen no parecía darse cuenta. Estaba rodeada de hombres con los que coqueteaba, bailaba y bromeaba. Estaba... estaba radiante, y Alec quería tenerla solo para él.

El colmo había sido que Devon le había devuelto la propina y había bailado con Gwen durante su descanso. Cuando terminó, Gwen ya tenía a todos los hombres del club a su disposición. A juzgar por las mesas vacías, el servicio de señoras debía de estar atestado de mujeres contrariadas.

Alec sentía deseos de unirse a ellas.

En aquel momento, la pareja de Gwen la hizo girar y la atrajo hacia él con tanto ímpetu que la hizo chocar contra su pecho. El tipo la apretó contra él de inmediato. La música terminó con un toque de trompeta ensordecedor y los dos se quedaron inmóviles, como en un anuncio de tequila. Después, el hombre en cuestión bajó la cabeza.

Alec salió disparado de la silla y atravesó en dos zancadas la pista de baile. Si alguien iba a apretar a Gwen contra su pecho, sería él.

—Gracias por bailar con mi chica, amigo.

Ahora te enseñaré cómo se hace —cerró un brazo en torno a Gwen y se alegró de sentirla a ella y no el WonderBra contra su pecho.

Ella le lanzó una mirada que no tenía derecho a lanzarle y él se la devolvió. Después, empezaron a bailar.

Gwen no hacía más qué repetirse que si su madre lo había hecho, debía de estar permitido, pero Alec estaba bailando tan pegado a ella y ella estaba disfrutando tanto que estaba casi segura de que lo que hacían era ilegal.

La falda había demostrado ser algo fuera de serie; jamás volvería a dudar de su poder. Cortó el intenso contacto visual con Alec y paseó la mirada por la sala con satisfacción. Todos los hombres se habían fijado en ella. *Alec* por fin se había fijado en ella.

Salve a la falda todopoderosa.

Alec la apretó contra su costado justo cuando la música terminaba y acercó los labios al oído de Gwen.

—Voy a llevarte a casa ahora mismo.

Estaba celoso... ¡celoso! Eso era aún mejor que el haberse fijado en ella.

La rodeó con su brazo celoso y se abrió paso entre los presentes. Gwen se despidió con la mano de sus nuevos amigos y se extrañó de que ninguno hiciera ademán de interceptar a Alec.

Al parecer, Devon había tenido noticia de su partida inminente porque justo cuando salían estaba sacando el coche de Gwen del fondo del aparcamiento.

—¡Adiós, Devon! —se despidió Gwen moviendo los dedos. El forzudo miró a Alec antes de sonreír levemente.

Aquello era demasiado divertido.

Alec se había erigido en conductor aquella noche y arrancó el vehículo.

—Ha sido increíble —Gwen se arrimó a él.

—Ponte el cinturón, Gwen —masculló.

—¡Pero sí está muy lejos!

Alec detuvo el coche a la salida del aparcamiento, alargó el brazo y le ajustó él mismo el cinturón de seguridad.

—Pero Alec, cuando estábamos bailando no querías tenerme tan lejos.

—Así es más seguro.

Estaba siendo perversa pero, maldición, había estado mucho tiempo sin fijarse en ella.

—¡Uf! ¡Qué calor tengo! —se retiró la melena de la nuca y se abanicó con la mano. Después, se despegó el jersey y sopló dentro del escote. El coche se detuvo en seco frente a un semáforo en rojo que Alec había estado a punto de saltarse.

Aquello era demasiado fácil. Gwen se quitó un zapato y empezó a masajearse los dedos del pie, consciente de que se le había subido la falda. Bueno, Alec ya había visto sus muslos. ¡Hasta los había medido!

Alec no dijo nada, pero lo oía respirar con agitación. Por alguna razón, los muslos que asomaban por debajo de una falda eran más seductores que los que asomaban por debajo de unos pantalones cortos. ¿Quién lo habría dicho?

—Mmm —gimió—. Qué gusto.

Alec dobló la esquina tan deprisa que Gwen tuvo que soltar el pie para aferrarse a la puerta.

—Perdona —balbució; parecía exhausto mientras maniobraba por el complejo de apartamentos.

Estaba mono cuando estaba exhausto.

—¿Alec?

—¿Mmm?

—Gracias por llevarme a Fletchers esta noche.

—Mmm.

—Me ha encantado bailar contigo.

—Mmm.

Aparcó en la plaza a la que ella tenía derecho para que no tuviera que caminar tanto, lo cual era de agradecer porque aquellos zapatos no estaban hechos para caminar.

—¿Te ha gustado bailar conmigo? —lo apremió.

—Sí —antes de abrir la puerta, Alec le lanzó una mirada que indicaba que estaba llegando al punto en que ya no podría dar marcha atrás.

Y la idea de no poder dar marcha atrás resultaba, en fin, tentadora. Pero mientras permanecía sentada en el coche, meditando en ello, Alec se estaba marchando.

—Buenas noches, Gwen. Hasta mañana —echó a andar.

¿Ni siquiera iba a acompañarla a su apartamento? Gwen se compadeció de él. Recogió los zapatos, salió del coche y corrió tras él.

—¡Alecl

—Buenas noches, Gwen —repitió. Estaba furioso y no podía reprochárselo. Llevaba meses siendo solo Gwen, su vecina, y aquella noche había usado la falda contra él. Había cambiado las reglas sin avisar. No era justo.

—¡Alec, espera! Tengo que decirte una cosa —Alec redujo el paso, pero no se detuvo ni se dio la vuelta—. Oye, lo siento.

Se detuvo con la mano en la barandilla, pero no la miró.

—¿Por qué?

—Por ponerme la falda en tu presencia.

—¿De qué estás hablando?

—Verás —señaló la prenda, esto no es una falda cualquiera. Tiene poderes mágicos.

La mirada que le dirigió no era alentadora.

—Buenas noches, Gwen —dijo por tercera vez, y subió las escaleras. Gwen lo siguió.

—Alec, hablo en serio. Atrae a los hombres. Estabas perdido.

—Me estás asustando —golpea la puerta y la abrió. Armaggedon salió disparado hacia el dormitorio. Gwen cerró la puerta al entrar v contempló cómo Alec se desabrochaba los puños de la camisa.

—Prefiero no explicarte por qué me he puesto la falda en tu presencia, pero te pido perdón por haberlo hecho.

Alec la miraba en silencio, malhumorado, y empezó a desabrocharse la camisa.

—Bueno, ¡di algo!

—¿Por qué la falda y no el jersey?

—¿Cómo?

—Si vas a pedir perdón por algo, discúlpate por llevar ese jersey.

—Pero si no tiene nada de especial... Alec profirió un gruñido burlón—. Es la falda la que tiene poderes —brevemente, le habló de Torrie, de Chelsea y, por fin, de ella.

Alec había terminado de desabrocharse la camisa y se le abrió cuando se puso en jarras y, entre irritado e incrédulo, terminaba de escuchar la historia.

Gwen se preguntó si sabría lo bien que le quedaba la camisa negra sobre su pecho desnudo, y que los músculos bronceados eran impresionantes y todo eso, pero que a ella le gustaban los tipos velludos. Y los pantalones más bien caídos.

—Así que, ya ves, es normal que te sientas desconcertado y confuso —«solo Dios sabe lo desconcertada y confusa que yo me siento».

—Desconcertado, sí. Pero ¿confuso? Ni hablar.

—Pero es cierto. Solo me ves bien porque la falda es un imán para los hombres. Así que... te atraigo.

Alec la miraba con fijeza. Gwen deseó con todas sus fuerzas poder leerle el pensamiento.

—Si de verdad crees eso —murmuró, quítate la falda.

Capítulo Once

De acuerdo, tal vez no deseara poder leerle el pensamiento.

Alec la miraba fijamente desde el otro extremo del salón, respirando con dificultad. Lo sabía porque había clavado la vista en su pecho, a la espera de que desplegara una de sus sonrisas y la llamara «gallina», que citara a Scooby Doo o que dijera alguna otra cosa que disipara la tensión.

Hacía siglos que no veían ningún episodio de Scooby Doo. Tenían pendiente un maratón con palomi...

—Por si no te has dado cuenta, eso era una señal.

Gwen elevó despacio la mirada del pecho de Alec a su rostro. No había sonrisa, ni cita de Scooby, sino mucha tensión.

Sí, era una señal. Y muy fuerte. ¿Qué podía hacer?

Tragó saliva y se pasó las manos por los muslos. «¿De qué tienes miedo? ¿De que si te quitas la falda, Alec no te encuentre atractiva o de que sí?».

Tenía que saberlo. Era una locura que diera

crédito a la historia de la falda, pero tenía que saberlo.

Alec estaba esperando, contemplándola fijamente desde la otra punta del salón. Gwen tenía que romper el hechizo… y si sus muslos blancuzcos no bastaban para enfriar a un hombre, no sabía qué otra cosa serviría.

Con una indiferencia que no sentía, Gwen se bajó la cremallera y dejo caer la falda al suelo. Se apartó del charco de tela.

—Ya está —se encogió de hombros—. Vuelvo a ser yo, la Gwen simplona de siempre.

—Me gusta la Gwen simplona de siempre —sin dejar de mirarla a los ojos, avanzó hacia ella con paso deliberado. Gwen lo vio todo a cámara lenta: las zancadas decididas, el balanceo de los brazos, el movimiento de los músculos de su pecho y el ardor de la mirada. Estaba viviendo un insólito momento de «tú hombre, yo mujer» y en lugar de arrojarse en sus brazos y gemir: « ¡Tómame! », dijo:

—Alec, no tienes por qué fingir. Lo entiendo, y no vas a herir mis sentimientos —una mentirijilla piadosa, porque sus sentimientos iban de un lado para otro gritando: «¡Estamos aquí! ¡Estamos aquí!»

—Creo que ya no es hora de fingir, ¿no, Gwen? —la hacía sentirse como la presa de un halcón.

—¡Alec! —chasqueó los dedos—. Despierta —Gwen dio una patada a la falda y la lanzó debajo, de la mesa de centro.

Dio igual, porque Alec estaba frente a ella, muy cerca. Y la forma en que la miraba, poseyéndola y ofreciéndose a sí mismo al mismo tiempo... En fin, un hombre no miraba así a una mujer a no ser que estuviera dispuesto a refrendar su actitud con hechos.

Alec le tiró con suavidad del borde del jersey.

—Deberías quitarte esto también, no vaya a ser que la falda lo haya imantado.

—¿Cómo? —¿sería posible? Gwen intentó recordar si alguien había mencionado aquella posibilidad, pero el cerebro no le funcionaba muy bien.

Alec le puso las manos en los antebrazos y se los acarició.

—¿Necesitas ayuda? —se inclinó y la besó con suavidad en la base del cuello. Gwen sintió hormigueos por todo el cuerpo.

Aunque no hubiera necesitado ayuda antes, la necesitaría en aquellos momentos, porque sus brazos parecían de puré, las piernas de gelatina y el cerebro de natillas: se había convertido en comida de hospital.

Tenía que averiguar si atraía a Alec de verdad, sin el influjo de la falda. Así que cruzó los brazos y agarró el borde del jersey.. salvo que quitárselo con brazos de puré era imposible, así que Alec, con sus brazos sólidos, la ayudó. Después, deslizó las manos por la espalda de Gwen para desabrocharle el sujetador.

—Puede que también lo haya imantado —murmuró junto a su oído, que besó con suavidad mientras hablaba. Bonito truco.

Gwen inspiró con brusquedad y se preguntó si debería protestar. Pero Alec tenía parte de razón; si existía la más remota posibilidad de que el sujetador se hubiera contagiado de los poderes de la falda, debía deshacerse de él. Dejó que se lo quitara.

Alec la observó con sinceridad.

—Eres una mujer imponente.

—¿Impongo para bien o para mal?

—¿Tú qué crees?

Se estremeció al sentir su mirada ardiente y los dedos de Alec trazando círculos pequeños sobre su piel con suma concentración. Ella también estaba concentrada en las caricias de Alec, aunque intentaba mantener la distancia porque, de un momento a otro, él se percataría de lo que estaba haciendo o, mejor dicho, de a quién se lo estaba haciendo, y se rompería el hechizo. Entonces, tendrían lugar unos momentos muy violentos en los que él se disculparía y ella recogería la ropa y...

Alec... Alec, todavía llevo puestas las braguitas.

—Paciencia, Gwen —inclinó la cabeza y

siguió el recorrido de sus dedos con los labios. Gwen tragó saliva e intentó mantener la concentración, aunque cuando sintió el roce de su lengua en la piel, sintió deseos de sumergirse en un mar de amnesia sensual. Pero debía ser fuerte.

—Alec, escúchame —le puso las manos a ambos lados de la cara apartándoselas de los senos. Lo miró a los ojos para reclamar su atención—. Mis braguitas han estado en contacto directo con la falda. Puede que también les haya transmitido su poder —Alec parpadeó—. Seguramente, por eso todavía te parezco irresistible.

Los dos bajaron la vista a sus braguitas beige normales y corrientes.

—Entonces, hay que deshacerse de ellas enseguida —dijo Alec.

—Pero... pero puede que ya no me encuentres atractiva.

Alec la miró a los ojos y ella vislumbró al bromista de siempre tras el deseo. Le cubrió las manos con las suyas y se las retiró de la cara.

—Gwen, mi buena amiga, y dentro de poco, mi queridísima amiga. Por lo general, quitarse la ropa delante de un hombre aumenta la atracción.

—Pero esta es una circunstancia especial.

—Cierto, Gwen. Muy cierto —deslizó los

dedos por debajo del elástico de sus braguitas.

—Alec, ¿podrías hacerme primero un favor?

—Ahora mismo, lo que quieras.

—¿Te importaría besarme? Es que… nunca me has besado de verdad y puede que luego… en fin, que luego ya no quieras hacerlo.

Alec le puso las manos sobre los hombros y la rodeó con los brazos.

—Gwen, he deseado besarte antes de que te pusieras esa falda.

—¿Y por qué no lo has hecho?

—Estaba esperando una señal.

—Oye, estoy aquí de pie, casi desnuda. ¿Qué más quieres?

Al oír eso, Alec la estrujó y aplastó sus senos contra su pecho desnudo. Gwen estuvo a punto de desmayarse y ni siquiera había empezado a besarla todavía. Alec suspiró y la abrazó con fuerza durante varios momentos.

—Me encanta sentirte en mis brazos.

—Espero que eso no sea un eufemismo de: «¿Qué tal si solo somos amigos?».

—¡Gwen! —se apartó un poco, riendo entre dientes. Enredó una mano en su pelo, le ladeó la cabeza y le tomó los labios con los suyos.

«Beso» era una palabra tan insuficiente, concluyó Gwen. Porque, ¿cómo podía describir tanto la exploración torturadora de

Alec como la imitación de Eric de una aspiradora mojada?

Bueno, la *excelente* imitación de Eric de una aspiradora mojada. Debía ser justa con su ex. Y ya no tendría que volver a pensar en él porque ya no era el último hombre que la había be... lamido.

Las oleadas de placer se sucedían unas a otras y Gwen se mantuvo agarrada, dejándose mecer por las olas. Pensó que ya le estaba tomando el tranquillo cuando Alec se apartó.

—¿No vas a besarme? —oyó que le preguntaba a través de la niebla de placer,

—¿No te estaba besando?

—No.

—Supongo que... que se me había olvidado.

—¿Que se te había olvidado?

—Bueno... Lo estabas haciendo tan bien tú solo...

—¿Ah, sí? —Alec le recorrió el rostro con la mirada y le retiró el pelo hacia atrás.

—Sí —contestó con un suspiro trémulo. Alec sonrió.

—Puedo hacerlo mejor con colaboración.

—¿Puede ser mejor?

—Ya lo creo —volvió a besarla, con suavidad en aquella ocasión, rozándole los labios, arrancándole una respuesta. Las olas habían quedado reducidas a ondas. Agradables, pero no dejaban de ser ondas. Gwen quería olas, grandes y ruidosas, así que abrió la boca y lo besó.

Alec tenía razón: podía ser mejor.

Durante un minuto, Gwen se limitó a mantenerse a flote como pudo. Después, empezó a fijarse en sensaciones aisladas, como el roce de los labios de Alec, su sabor y la forma en que la reclinaba sobre su hombro para que se sintiera completamente rodeada por él y muy deseada.

Gwen se atrevió a soltarle los hombros y deslizó los dedos por el pelo suave y con vida de Alec. Él le mordisqueó el labio inferior y ella se puso de puntillas para imitarlo. Después, Alec empezó a mover las manos en cálidos círculos por su espalda, y ella, a su vez, deslizó los dedos por debajo de su camisa y se deleitó con el movimiento de sus músculos. Por fin, Alec deslizó los dedos por debajo del elástico de las braguitas y tiró de ellas hacia abajo.

Gwen movió las caderas y notó la sonrisa de Alec sobre sus labios. Ella también sonrió. Cuando las braguitas cayeron a la altura de las rodillas, hizo otro serpenteo y notó cómo resbalaban al suelo. Sin interrumpir el beso... ¿por qué iba a cometer tamaña estupidez?, sacó un pie y utilizó el otro para lanzarlas hacia donde había arrojado la falda.

Por fin estaba libre del influjo de la falda y de cualquier poder secundario que hubiera podido transmitir a su ropa interior.

Tuvo una revelación repentina que hizo las veces de un jarro de agua fría: estaba desnuda en el salón de Alec Fleming. Para ser exactos, estaba desnuda en sus brazos... sus brazos envueltos en la tela de la camisa. Lo empujó.

—¡Eh! Tú sigues vestido.

—Lo sé —sonrió—. Y nunca había estado más excitado en toda mi vida.

—¿Ah, sí?

—Sí.

—Pues, para tu información, todavía puedes estarlo aún más —mientras hablaba, le retiró la camisa de los hombros.

—¿Cómo?

—Quítate los zapatos y los calcetines.

Alec vaciló; después se descalzó.

—Creo que tengo una mente abierta, pero los zapatos y los calcetines no me dicen nada.

—No te lo pido por ti, sino por mí. Ver a un hombre desnudo salvo por los calcetines y los zapatos me deja fría —le explicó Gwen—. Si te los quitas ahora, después disfrutaré de una vista magnífica.

—Espero que no sea mucho después —Alec

se había deshecho de los calcetines tan deprisa que Gwen ni siquiera se había dado cuenta.

—Vaya, trabajas deprisa.

—Solo cuando corresponde.

—Qué tranquilizador —Gwen lo besó y le soltó la hebilla y el botón del pantalón al mismo tiempo. Después, bajó despacio la cremallera, tratando de no recordar aquel incidente tan desafortunado con Eric, que no se había quitado las botas y los calcetines pero que aquel día, inexplicablemente, había decidido ponerse los vaqueros sin calzoncillos.

Hundió la lengua en la boca de Alec y logró disipar todo pensamiento sobre Eric. Sobre todo, porque parecía haber mucho más Alec bajo la cremallera. Se estremeció y le bajó los pantalones y lo que llevaba debajo con un único movimiento. Después, dio un paso atrás y contempló una vista sumamente grata.

Suspiró y vio la incertidumbre reflejada en el rostro de Alec. Qué enternecedor.

—¿No te han dicho nunca que la perfección es aburrida? —preguntó, y vio cómo la satisfacción reemplazaba a la incertidumbre.

—Podría ponerme un calcetín.

—Ni se té ocurra.

Alec abrió la puerta del dormitorio y Armaggedon salió disparado y se refugió debajo del sofá.

—Ven aquí —le dijo a Gwen. Ella se acercó y Alec la levantó en brazos y la condujo hacia la cama, cerrando la puerta con el pie de camino.

—Muy romántico —murmuró.

—Llámame anticuado, si quieres —muy despacio, la dejó resbalar sobre su cuerpo hasta dejarla de pie junto a la cama. Bastante romántico, también.

Alec encendió la lámpara de la mesilla y retiró la colcha.

—También soy anticuado en otros aspectos —le dijo. Abrió el cajón de la mesilla y sacó un puñado de condones.

Y optimista —debía de haber media docena.

—Solo pretendía tranquilizarte.

Gwen se fijó en la marca.

—Qué bien; ni estrías ni protuberancias para intensificar el placer. Detesto las protuberancias —Eric había insistido en usar esa clase de preservativos.

—Créeme —rió Alec— no necesito ayuda de ninguna protuberancia.

Al estirarse sobre la cama con él, Gwen se maravilló de su falta de nerviosismo. Llevaba un rato desnuda, pero se habían saltado la fase de la incomodidad y le resultaba natural estar en los brazos de Alec. Este deslizó un dedo por la curva de su cadera.

—¿Por qué pensamos que esto no era buena idea? —preguntó, poniendo voz a sus pensamientos.

—¿Porque éramos amigos?

—¿Tenemos que dejar de serlo?

«Solo cuando esto se acabe», pensó Gwen. Pero lo negó con la cabeza mientras Alec la atraía hacia él y la besaba.

Hizo muchas cosas más, y Gwen no recordaba haberse reído y divertido tanto en toda su vida. Era evidente que Alec disfrutaba de su compañía. Cuando la acariciaba y ella reaccionaba, sentía su placer tanto como el propio. Y cuando algo no surtía efecto, no se lo tomaba como una afrenta personal a su habilidad. Claro que, con Alec, casi todo funcionaba. No tardó en ajustar la presión de sus roces, siempre jugando con el límite entre el placer y el tormento.

Pero lo mejor de todo era el placer que reflejaba su expresión; la alentaba a alimentarlo. Con Eric, el amor siempre había sido algo muy serio y… y Gwen era culpable de haber fingido un par de veces. O tres.

De acuerdo, bastantes, sobre todo, hacia el final, pero así había sido mucho más fácil. Eric siempre necesitaba muchas instrucciones, y Gwen tenía que mantener un comentario fluido sobre si una cosa estaba bien u otra mejor hasta que olvidaba lo que había dicho y cuándo y solo quería que se acabara cuanto antes. Lo cual debería haberle indicado que la relación no daba más de sí, salvo que Gwen creía que la gente soportaba ese tipo de incomodidades en las relaciones estables. Lo denominaban: «asumir los problemas».

No habría problemas con Alec en aquel terreno. Gwen lo supo en cuanto empezó a gemir y a suspirar espontáneamente, y a decir, «¡Sí!», «¡No pares!» y «¡Dios mío!».

Alec expresaba su placer pronunciando su nombre con diversas inflexiones. Estaba el: «Ah, Gwen» muy rápido y el «Aaaah, Gweeen» muy lento. Le gustaba especialmente el: «Sí, Gwen, así»; y el susurro ferviente de: «Corre, Gwen». Este último en concreto se debía a los envoltorios recalcitrantes de los condones y al hecho de que las manos les temblaban de impaciencia. Gwen intentó rasgar uno con los dientes, pero por fin Alec logró abrir otro y fue entonces cuando Gwen susurró:

—¡Corre!

Alec se colocó sobre ella y a Gwen se le ocurrió ayudar un poco elevando las caderas y yendo a su encuentro. El instante de la penetración los sorprendió a ambos. Se quedaron inmóviles, y Alec se acomodó dentro de ella y entrelazó sus dedos y los de Gwen.

La miró a los ojos, sonriente. Justo antes de empezar a moverse dijo:

—Caramba, Gwen.

Y esa fue su favorita.

Después, hubo otro: «Caramba, Gwen», y Alec dejó caer el brazo sobre su cintura, la atrajo hacia él y susurró:

—Quédate a dormir, Gwen —como si ella pensara irse a alguna parte.

Lo último que se le pasó por la cabeza antes de quedarse dormida fue que no le importaría quedarse allí para siempre.

A la mañana siguiente... o al mediodía de aquella misma mañana, mejor dicho, Gwen se despertó primero y se estiró. Miró a Alec, vio su barba de un día y notó varias zonas de su piel escocidas por el roce. Unas zonas que la hacían sonrojarse.

Sin hacer ruido, se levantó de la cama e inspeccionó la cocina en busca del desayuno. Las únicas provisiones de Alec eran cereales y leche, y a Gwen le apetecían panecillos y huevos revueltos. Y tal vez fresas, aunque no fuera la temporada. Se pasaría por su apartamento, haría acopio de ingredientes y Alec se despertaría con el olor de panecillos calientes... y de algo más, si le daba tiempo.

Gwen recogió su ropa y sonrió al ponerse la falda.

—Buen trabajo, chica —le dijo.

Gwen no estaba en la cama cuando Alec se despertó, pero la oía trajinar en la cocina. Caramba. Se estiró, notó agujetas en músculos que no había usado hacía tiempo, y sonrió. Enterró las manos debajo de la almohada, detrás de la cabeza, y clavó la mirada en el techo.

De modo que había llegado.

Le habían dicho que sabría cuándo ocurriría, pero pensaba que era una respuesta hecha. Tenía gracia que resultara así de sencillo. O complicado. Salvo que se trataba de Gwen, y lo complicado era bueno porque nunca se aburriría.

El amor lo había tomado por sorpresa. No podía señalar el momento exacto en que se había enamorado de Gwen, pero estaba bastante seguro de que había sido antes de la noche anterior.

Y hablando de la noche anterior... Alec cerró los ojos y revivió varios momentos memorables. Gwen quitándose la falda en mitad del salón... Sí, eso había sido bastante memorable. No había duda de que Gwen era la mujer de su vida, por la que renunciaría de buena gana a las demás mujeres porque habían dejado de suscitarle el menor interés. Iba a pasarse el resto de la vida conociendo a fondo a aquella y aprendiendo a hacerla feliz.

Intentó imaginarse volviendo a su antigua vida sin ella y no pudo. De hecho, sentía un poco de náuseas al pensar en no estar con Gwen. O quizá fuera hambre. Se preguntó qué estaría haciendo en la cocina y cuándo iba a volver al dormitorio para ver si estaba despierto. Y, cuando se acercara a la cama, la agarraría y dejarían que se quemara lo que fuera que estuviera cocinando.

Quizá entonces, le diría que la quería.

¿Qué estaba haciendo?

Gwen se quedó mirando los panecillos que acababa de sacar del horno. Panecillos caseros.

Había puesto la mesa. Había ido a la tienda y había pagado más de la cuenta por unas fresas porque eran románticas. Había hecho una tortilla con más claras que yemas porque era más sana. Había fregado los platos, algunos de la cena de Alec de la noche anterior. Y lo más evidente de todo… Había puesto una lavadora y había mezclado prendas de los dos.

Coladas comunes, el borde del precipicio. Lo estaba haciendo otra vez. Tanto si era un problema genético, como la influencia de su madre o su instinto heredado de mujer, Gwen volvía a satisfacer las necesidades del hombre de su vida. No podía evitarlo.

«Pero este es Alec», dijo una vocecita femenina a la que parecían estar estrangulando con un lazo rosa. «Por él merece la pena».

Gwen dejó caer los hombros hacia delante. Sí, así era. Por eso no podría reprimirse.

Aquella relación con Alec no podía ser sino algo temporal. Al final, él regresaría a su verdadero hogar y a su verdadera vida y ella se quedaría atrás. Le dolería, por supuesto, y habría perdido el tiempo y la energía mimándolo y quedándose donde estaba sin nada más que unos recuerdos fabulosos.

Ya tenía recuerdos fabulosos. ¿Por qué no saltarse la pérdida de tiempo y el dolor?

No era demasiado tarde. Podría dejarlo con el broche de aquel magnífico desayuno, hacer un paquete con la estúpida falda y enviársela a Kate. Después, volvería a entregarse a su plan de impresionar a su jefe, conseguir un ascenso, una ayudante y así lograr el éxito y la eterna felicidad.

Y después, si Alec seguía... No, falsas esperanzas. Alec no seguiría por allí.

Sin hacer ruido, Gwen le preparó un plato, le dejó todos los panecillos y le escribió una nota desenfadada de: «Eh, ¿por qué no lo repetimos alguna vez?». ¿Para qué cortar los lazos?

En fin, no era perfecta.

Capítulo Doce

Pero era miedica, por eso le pidió a su madre que fuera a verla y la ayudara a presentar su idea de los quioscos. Suzanne se presentó armada con estrategias y planes y su propio ordenador portátil. Mientras que Gwen había investigado datos, su madre había investigado personas. Tenía un archivo con más información sobre el jefe de Gwen de lo que Gwen había averiguado en cuatro años.

—Voy a jugar al tenis con Anna Gerald el próximo lunes. Haremos dobles con Carol Hofner y su pareja.

—¿Te refieres a la señora de Robert Hofner? ¿El jefe de mi jefe?

—Pues claro. De eso se trata.

Gwen abrió la boca y la cerró. Su madre tenía contactos por todas partes.

—Les hablaré bien de ti, así que el martes preséntate impecable en la oficina. Te llamaré el lunes por la noche para contarte cómo ha ido la cosa —lo anotó en su agenda electrónica para acordarse y se recostó en el sillón—. Ahora, piensa que soy tu jefe. Preséntame tu idea.

Su madre era un público crítico. Gwen estaba ensayando su presentación por tercera vez cuando Alec apareció. Lo había estado esperando, así que era un alivio poder poner fin a «la mañana después» o, mejor dicho, a «la tarde después». Abrió la puerta de par en par para que viera que estaba con su madre.

Alec le dirigió a Gwen una larga mirada condenatoria y sonrió por encima de su hombro.

—¿Qué tal te va, Suze?

«Suze». Gwen intentó no hacer una mueca.

—Alec, ¿eres tú? Gwen, hazlo pasar.

Sin ni siquiera mirarla, Alec se adentró en el salón.

—Te he echado de menos en Fletchers —dijo Suzanne, y elevó la mejilla para recibir un beso. Alec la complació como si llevaran siglos saludándose así.

—Gwen y yo estuvimos allí anoche, ¿verdad, Gwen?

—Sí —cielos, estaba furioso. Gwen no se lo esperaba. Imaginaba que su orgullo habría sufrido pero, sinceramente, había creído que se lo pensaría dos veces y que se sentiría aliviado.

—Gwen y yo estamos planteando su campaña de quioscos. ¿Te lo ha contado?

A eso he venido —Alec se sentó en el sofá

junto a su madre, dejando a Gwen de pie, incómoda.

—¿Ah, sí? —preguntó Gwen, pero Alec ni siquiera la miró.

—Estupendo —«Suze» se dispuso a tomar notas en su ordenador—. Cuéntame tus ideas.

—El planteamiento de los quioscos es bueno, pero combinar la bebida con unos tentempiés sería mejor. La idea es dar publicidad. Con un socio, el coste se reduciría a la mitad, la afluencia de gente aumentaría y el impacto publicitario sería el mismo. ¿No debería estar contándoselo a ella?

—Excelente —dijo su madre, que seguía ocupada escribiendo—. Incorporaremos esa propuesta a la presentación de Gwen.

—Sí, bueno, eso sería estupendo —Gwen intentó ocultar el sarcasmo de su voz—. Pero no soy la persona indicada para buscar una compañía de tentempiés que esté dispuesta a asociarse con Kwik Koffee. Además, no tengo autoridad para ello.

—No, pero me tienes a mí —Alec la miró a los ojos y Gwen concluyó que prefería su indiferencia—. Te presentaré a mi abuelo —miró a Suze—. Fleming Snack Foods.

—¡Ahí va! —Suzanne dio una palmada—. Déjame que ponga al día mis archivos de contactos. A...l... e... c...

—Fleming —dijo Gwen muy despacio—.

¿Eres Fleming Snack Foods?

—Sí —la miró con perplejidad—. Ya lo sabías.

—Bueno, sabía cómo te llamabas y que tu familia estaba metida en el negocio de las máquinas expendedoras, pero no... no relacioné...

¡Madre del amor hermoso, Fleming Snack Foods! Eran enormes, gigantescos. Casi un monopolio.

—Gwen, con contactos como Alec, no me necesitas. Me concentraré en la parte de Kwik Koffee —Suze recogió sus cosas.

—Mamá, ¡no pensarás irte!

—Sí —señaló a Alec con un ademán—. Tenéis que hablar entre vosotros.

Alec la miró con semblante afable, pero a Gwen no la engañaba. Estaba en un aprieto. Siguió a su madre hasta la puerta.

—¡Mamá! —susurró—. Quédate, por favor.

—Gwen, sé que los hijos piensan que sus padres son antediluvianos, pero he visto cómo te mira ese hombre y.. y las señales que te ha dejado en la piel hablan por sí solas. Lo demás, no es asunto mío.

—¡Mamá!

—Ve a conocer a su abuelo —y se fue.

Gwen se volvió hacia Alec. Este sacó del bolsillo la nota que ella le había dejado y la arrojó sobre la mesa.

—¿Quieres explicarme esto? —preguntó con voz dura como el diamante y mirada penetrante como el láser.

—Está muy claro —Gwen sostuvo su mirada con desafío, pero, para sorpresa suya, la expresión de Alec se suavizó.

—Estas asustada.

—No.

—¿Acaso soñé anoche? —preguntó en voz baja y ronca. Ella lo negó con la cabeza—. ¿Entonces?

—Alec, los dos sabemos que no funcionaría. Y menos, ahora.

—¿Por qué «menos ahora»?

—¡Eres Fleming Snack Foods!

—Trabajo allí, o trabajaba. Y volveré a hacerlo, seguramente. ¿Y qué?

Alec tenía razón. Estaba recurriendo a excusas absurdas para encubrir el verdadero problema. Gwen fue al meollo del asunto; se lo debía.

—¿Te ha gustado el desayuno?

—Me habría gustado más si lo hubiera compartido contigo.

—No quiero hacer eso todas las mañanas.

—Entonces, no lo hagas.

—Pero… no puedo evitarlo. Me pierdo en las relaciones. Sacrifico mis metas y mis sueños y…

—Para el carro, Gwen. No son más que

200

panecillos. Muy ricos, pero panecillos. Fleming también los hace, ¿sabes? Si quieres te conseguiré un descuento. No te pido que hagas ningún sacrificio.

—No tienes que pedirlo. Los hombres los esperan... y los consiguen. Me he criado viéndolo y no quiero acabar como mi madre. Todo giraba en torno a mi padre. Él conseguía los ascensos, los sueldos y la gloria; ella, nada. No voy a cometer el mismo error.

Alec inspiró hondo y Gwen se daba cuenta de que se esforzaba por comprender su punto de vista.

—Entonces, ¿no vas a casarte nunca?

—Hasta que no haga esto por mí primero, no.

—¿Con «esto» te refieres a un ascenso?

—O a algo similar, sí.

—¿Y después?

—Después, estaré preparada para mantener una relación —su ayudante se ocuparía de las minucias de su vida diaria—. Pero no voy a engañarme pensando que me estarás esperando.

Alec se puso en pie.

—Tienes mucha razón.

Aquello dolía, y mucho, aunque no fuera lógico. Se estaba comportando como una mujer práctica y madura, pero la niña que llevaba dentro quería que Alec la estrechara entre sus brazos y dijera: «Gwen, mi amor, esperaré eternamente».

—No me gusta esperar a no ser que no me quede más remedio —la informó Alec—. Voy a acelerar toda esta situación. ¿Quieres un ascenso? Te lo conseguiremos. Este domingo, cenarás con mi familia. Le plantearás tu propuesta a mi abuelo.

Gwen se lo quedó mirando.

—¿Harías eso por mí?

—Y por mí —le sonrió con picardía—. ¿Crees que a tu jefe le interesaría asociarse con Fleming Snack Foods?

—¿Que si le interesaría? Se orinará encima.

—Eso debilitará su posición durante la negociación. Ahora, voy a dejarte sola porque dispones de menos de veinticuatro horas para prepararte. Te lo advierto, mi abuelo puede intimidar un poco, pero es inteligente y astuto y tu idea es buena. Asegúrate de llevar datos que te respalden.

—Está bien —Gwen se sentía un poco aturdida.

—Una cosa más —Alec tomó la nota y la rasgó en tres pedazos; después, los dejó caer sobre la mesa de centro—. Ahora, dame un beso de despedida y ponte a trabajar.

La estaba avasallando... Y a Gwen no le importaba lo más mínimo.

Lo lógico era que Gwen estuviera más nerviosa que él, pero Alec sabía lo que se jugaba en aquella cena.

Gwen, concluyó, era «Ella», la mujer de su vida. Solo que no quería serlo. Alec jamás pensó que la encontraría sin que ella se diera cuenta de que era Ella. De hecho, siempre había pensado que Ella tendría que decirle quién era. Un poco como Steph, solo que su ex novia distaba tanto de ser Ella que no tenía gracia.

Pero ya no le importaba que Gwen no supiera que era Ella, porque comprendía su problema. No lo molestaba que necesitara alcanzar una meta antes de comprometerse, lo que lo inquietaba era cuánto tiempo tardaría en conseguirlo sin la colaboración de su abuelo.

—La siguiente bocacalle a la izquierda.

Gwen conducía en silencio, y Alec deseaba con todas sus fuerzas que dijera algo. Recorrió la senda circular y detuvo el coche delante de la casa señorial de ladrillo de sus abuelos. Ya había otros coches.

—Debí imaginar que tu familia vivía en River Oaks.

Preferiría que hubiera dicho cualquier otra cosa.

—Son ricos, ¿y qué? No pienso disculparme.

—Vamos, ya has visto la casa de mis padres. No he salido del arroyo.

—Lo sé. Entonces, ¿qué tiene de malo vivir en River Oaks?

—Que me resultaría más fácil vender mi idea si pasaran un poco más de hambre, nada más.

Alec la condujo por los peldaños hasta la puerta.

—No te preocupes, mi abuelo ha pasado mucha hambre y no lo olvida. Por cierto, estás estupenda —añadió antes de tocar el timbre. Llevaba una chaqueta roja y una falda negra.

—Lo sé. Llevo la falda.

Lo cual le provocó un ataque de tos justo cuando su abuela abría la puerta. En cuanto se serenó, le presentó a Gwen.

—Me alegro tanto de conocerte, querida —su abuela había tomado las manos de Gwen entre las suyas.

—¿Ya está aquí Alec con la chica? —dijo una voz con acento. Sin soltar las manos de Gwen, su abuela contestó.

—Sí, Liam.

—¿Servirá?

—Creo que sí —su abuela apretó las manos de Gwen y las soltó. Un hombre canoso, de ojos azules y corta estatura apareció en el umbral y caminó en línea recta hacia Gwen.

—Hola, abuelo. Esta es Gwen.

—Te has buscado una preciosidad, ¿eh, chico? —su abuelo miraba a Gwen con fijeza, quien a su vez le devolvía el escrutinio.

—Gwen ha venido a hacerte la propuesta empresarial de la que te hablé —le recordó Alec.

Su abuelo profirió un gruñido burlón.

—Lo que tú digas, hijo. Vamos a comer.

Alec miró a Gwen, pero parecía más regocijada que ofendida. Bueno, habría que darle tiempo.

Por desgracia, no necesitó mucho. El recibimiento en el vestíbulo resultó ser la mejor parte de una velada desastrosa.

La madre de Alec empezó a interrogarla sobre su familia y resultó que ya conocía a sus padres, cosa que a él no lo sorprendía lo más mínimo. En cuanto averiguaron que la ascendencia de Gwen era aceptable, la sometieron al tercer grado.

—Entonces, ¿cómo os conocisteis? —preguntó la madre de Alec.

—Alec se mudó al complejo de apartamentos en el que vivo para crear su negocio.

Su hermano profirió una risita burlona.

—Y ¿cómo te va, compañero?

—Bien —Alec no quería comentar los progresos de su máquina de ejercicios portátil porque quería que centraran su atención en la propuesta de Gwen, pero esta salió en su defensa.

—¡Va a ser genial! Ya tiene el prototipo de la máquina de ejercicios y está en fase de prueba.

Su primo hizo un comentario desde el otro extremo de la mesa.

—Supongo que tendremos que empezar a buscar tu nombre entre la lista de los quinientos más ricos.

Aquello provocó otro coro de burlas, hasta que su abuelo intervino.

—Alec ya no tiene por qué perder el tiempo con esa tontería ahora que nos ha traído a Gwen. Siempre he dicho que los hombres de éxito son hombres casados. Se juegan mucho más.

—También tienen más distracciones —señaló Alec.

—Alec, eres un muchacho inteligente, y lo único que te ha estado frenando es que has tardado mucho en sentar la cabeza.

Aquello era una novedad para Alec y, por desgracia, lo tomó por sorpresa.

—Con una mujer como Gwen respaldándote —su abuelo señaló hacia Gwen, quién sabe hasta dónde llegarás.

—¡Eso, eso! —dijo el padre de Alec, y elevó su copa.

¿Acaso alguien había escrito un guión con

los peores comentarios posibles que hacer delante de Gwen? Con solo mirarla una vez supo que aquello tenía que acabar. Se puso en pie y paseó la mirada por los rostros de los comensales. Se hizo el silencio. Su madre agarró a su padre de la mano. Alec comprendió con horror que pensaban que iba a anunciar su compromiso.

—Gwen no ha venido a veros como mi futura esposa; me habéis interpretado mal y nos estáis incomodando a los dos. Ha venido, a petición mía, porque tiene una propuesta de negocios que creo que deberíais oír. Nada más.

Y se sentó.

Gwen experimentó emociones contradictorias mientras clavaba la mirada en su plato. Al oír a Alec negar con energía que ella fuera su futura esposa sintió un dolor que no procedía. «Supéralo», se dijo.

Como era natural, su familia querría una esposa idónea para un empresario, como lo había sido su madre y como eran todas las mujeres presentes. Hasta la hermana de Alec se dedicaba exclusivamente a la casa. Sí, los niños estaban en edad preescolar, pero aun así. Y no le extrañaba que Alec quisiera agradar a su familia, era lógico. Pero no podía ser la esposa perfecta de un empresario; ni siquiera por Alec.

El resto de la cena transcurrió en un ambiente tenso. Después, todos la escucharon con atención y aceptaron copias de sus preciosos diagramas, esquemas, estudios de ubicación, alquileres y demás datos. Pero solo lo hacían por educación.

—Lo siento —se disculpó Alec en cuanto salieron por la puerta.

—Yo también —dijo Gwen. Había puesto sus esperanzas en el abuelo de Alec y este solo estaba interesado en ella como posible esposa para su nieto.

—Pero yo lo siento más —Alec le pidió las llaves con la mano y le abrió la puerta del coche—. Porque sé que la idea de convertirte en la mujer ideal de un empresario es la pesadilla de tu vida y que piensas que esa es la clase de esposa que necesito, así que vas a renunciar a un sexo sensacional.

Gwen rió a su pesar.

—Estaba pensando en mi presentación, no en el sexo.

Alec acercó la cabeza a la ventanilla y murmuró:

—¿Cómo has podido olvidarte del sexo? Fue maravilloso. Si tienes problemas de memoria, me encantará refrescártela.

—Deja de hacerme reír.

—Es que te tomas esto demasiado en serio.

—Y tú no —suspiró—. Ya has oído lo que han dicho sobre lo aconsejable que es para ti sentar la cabeza.

—¡No me importa lo que hayan dicho!

—Claro que te importa —Gwen esperó a que rodeara el coche y se sentara detrás del volante—. Te importa tanto que estabas dispuesto a poner tu vida patas arriba durante meses para recrear la lucha por el éxito de tu abuelo en este país. Y, sé sincero, no has quebrantado las normas ni una sola vez, ¿verdad?

—Bueno, el esmoquin de Nochevieja...

—Lo compraste usado.

—Está bien, no. He jugado limpio.

—Y te admiro por eso —le dijo Gwen con sinceridad—. Pero esas no son las acciones de un hombre que se opone a su familia.

—Gwen, me he marcado un objetivo y he aceptado un desafío porque me resulta interesante y estimulante, incluso. Si lo estuviera haciendo solo para obtener la aprobación de mi abuelo, no me haría tanta ilusión. Y si no te parezco un hombre capaz de oponerse a su familia es porque, hasta esta noche, no había tenido motivos para oponerme a ellos.

—Y sigues sin tenerlos —repuso Gwen con firmeza, haciendo caso omiso de su quejumbrosa vocecita interior—. Porque tengo otros planes para mi vida.

Alec guardó silencio durante unos momentos; después, dijo en voz baja:

—Puede que yo también.

El lunes por la mañana, volaban los rumores con la llegada de la cúpula de Kwik Koffee y sus reuniones a puerta cerrada con la dirección. Gwen se sintió frustrada al ver que su jefe, junto con los demás directores regionales, pasaba la mañana de reunión en reunión y la tarde acompañando a los peces gordos a entrevistas con clientes importantes. Quizá fuera lo mejor, pensó Gwen, ya que su madre estaba jugando al tenis con la señora Hofner. Gwen no sabía hasta qué punto podría beneficiarla eso en su profesión pero, al menos, mantenía alejada a su madre de los clubes de salsa.

El martes por la mañana, y siguiendo las instrucciones de su madre, se puso un traje azul marino de corte serio con una blusa roja. Suzanne la había informado de que la señora Hofner había hablado por los codos sobre las reuniones y que rodarían cabezas si no se realizaban cambios de algún tipo en la empresa. No era nada que Gwen no hubiera deducido por su cuenta, pero resultaba interesante escuchar otra opinión.

Gwen oyó llegar a su jefe y se sorprendió de que la llamara a su despacho momentos después. Norman Eltzburg le sonrió. De oreja a oreja, además. La expresión resultaba irreal en él.

Ayer Bob Hofner recibió una llamada muy interesante —empezó a decir. «Cielos», pensó Gwen. ¿Qué habría hecho su madre?—. Al parecer, Liam Fleming en persona telefoneó a Harry LeBreaux.

¡El abuelo de Alec había telefoneado al presidente de Kwik Koffee! A Gwen empezó a latirle con fuerza el corazón. Pensaba que había hecho caso omiso de su presentación.

—LeBreaux llamó a Hofner y Hofner me llamó a mí. No sabía que estuvieras saliendo con el nieto del fundador de Fleming Snack Foods. Muy astuto por tu parte.

Gwen decidió no corregirlo.

—Fleming ha puesto una propuesta atractiva sobre la mesa.

—¿Ah, sí?

—Sí. Quioscos autónomos para vender sus productos y el nuestro.

—¿Quiere decir que le gustó mi idea?

—¿Tu...? —el señor Eltzburg rió entre dientes—. Bueno, sí, Fleming mencionó que le habías presentado algunos datos —movió unos papeles sobre su mesa y Gwen reconoció sus gráficos y diagramas—. Buen trabajo, Gwen. Has sabido aprovechar una oportunidad y quiero que sepas que Kwik Koffee agradece tu iniciativa. Deberías haberte dirigido a mí primero, pero no te preocupes. Ahora que estoy al corriente, yo me hago cargo.

—¿De qué?

—Bueno, Gwen, tengo entendido que estarás ocupada con los planes de la boda...

—¿Qué?

—Y no quiero que haya un bache en el proyecto cuando dimitas...

Gwen se había imaginado presentando su idea en persona, y no negando rumores de boda.

—No voy a casarme y tampoco voy a dimitir.

—No te preocupes. Gwen. Sé que tendrás que decir eso hasta que todo sea oficial —le guiñó el ojo—. Sin embargo, nos gustaría que asistieras a la reunión de esta mañana. Los Fleming estarán presentes y tu presencia reforzará nuestros intereses comunes.

—¡No voy a casarme!

—Lo sé —su jefe se llevó un dedo a los labios—. No le diré a nadie ni media palabra, pero espero que me permitas expresarte mis mejores deseos de felicidad.

Gwen estaba blanca. El abuelo de Alec no quería verla más que como una futura fémina procreadora de la familia Fleming. Sin embargo, su idea le gustaba lo bastante para presentársela a Kwik Koffee sin contar con ella. Y, para colmo, su jefe se la estaba robando.

Era *su* idea.

Gwen regresó a su mesa e hizo lo que haría cualquier mujer en su situación: llamar a su madre.

Suzanne dejó que se desahogara durante un par de minutos; después, la interrumpió con brusquedad.

Ya basta; serénate. Gwen, es un típico acto hostil por parte de tu jefe. Representas una amenaza para él. Los comentarios sobre tu boda no eran más que una cortina de humo. Fleming los está utilizando para tomar Kwik Koffee por sorpresa y tu jefe estaba haciendo lo mismo contigo. Vas a asistir a esa reunión y lucharás para que reconozcan tus méritos.

—¿Cómo? —preguntó Gwen con voz cansina.

—Ay, mujer de poca fe. Me he pasado mi vida de casada navegando por aguas llenas de empresarios tiburones. He ayudado a tu padre a resolver luchas de poder más complejas que esta. Voy para allá.

Gracias, mamá.

—Ah, Gwen. ¿Hay algo de verdad en los rumores de boda?

—¡No!

—¿Quieres que la haya?

—Sí —reconoció. Desear a Alec no era el problema, sino darse permiso para disfrutar de él—. Pero necesita a alguien como tú. Y yo no puedo ser tú, mamá.

—¿Te ha pedido él que seas como yo?

—En realidad, no me ha pedido nada de nada.

—¿Le has dado la oportunidad? —preguntó Suzanne con sagacidad.

—No —contestó Gwen con voz queda. No, había escrito una nota estúpida y afirmado que necesitaba alcanzar el éxito profesional antes de poder mantener cualquier tipo de relación.

—¿Y no crees que deberías?

Gwen apoyó la cabeza en la mesa.

—No querrá. Ya le dije que tenía otros planes para mi vida.

Su madre suspiró.

—Bueno, va a ser una mañana completa, pero podremos arreglarlo.

Gwen acababa de colgar cuando el teléfono sonó.

—¡Gwen! —era Laurie—. ¡Corre el rumor de que te vas a casar con Fleming Snack Foods!

En cuanto dejó de ver a Gwen como una futura esposa Fleming, su abuelo había acogido su idea como Alec había anticipado. Una asociación con una compañía expendedora de café era una idea muy sensata y los jefazos de Kwik Koffee rebosaban de satisfacción.

Alec estaba disfrutando de aquella reunión. En cuanto Gwen lograra su ascenso, y no había duda de que lo haría, podría convencerla de que era la mujer perfecta para él.

Le gustaba verla de pie en la cabecera de la mesa, junto al proyector. Minutos antes, su jefe había intentado arrollarla, pero Gwen le había parado los pies ofreciéndose a presentar datos actualizados de los que su jefe no disponía. Se dirigió a la cabecera y, desde entonces, no se había movido de allí. Estaba claro que la idea había sido suya desde el principio.

Alec había tenido una larga charla con su abuelo sobre Gwen, sobre la clase de mujer que era y lo que sentía por ella. Después, había dimitido de Fleming Snack Foods. Hasta Gwen comprendería que no necesitaría una esposa perfecta para un empresario si él dejaba de serlo. Pero esa no era la única razón. Le gustaba ser su propio jefe y deseaba seguir siéndolo. Su idea de diez minutos de ejercicio al día tenía posibilidades y quería hacerla realidad.

—No te importará si la contrato para sustituirte, ¿no? —le susurró su abuelo.

—Haz lo que quieras. La decisión es de ella. Su abuelo lo miró con expresión pensativa.

—A veces, una mujer necesita que un hombre le diga lo que hay que hacer.

—Lo recordaré —murmuró Alec.

Habían encendido las luces del techo y Gwen estaba contestando preguntas. Después, el señor Hofner comentó:

—Gwen ha sido la que ha captado el interés de Fleming para este proyecto. En vista de su relación futura con la familia, creo que lo más lógico es que sea ella quien lo dirija.

—Estoy completamente de acuerdo —corroboró el abuelo de Alec. Alec deseó que no lo hubiera dicho. Gwen se enderezó y habló en tono brusco.

—Corre el rumor de que Alec Fleming y yo estamos prometidos. No es cierto, ¿verdad, Alec? —lo miró en busca de una confirmación.

«Sí», quiso decir.

—No, caballeros, no lo es —pero, al oír las siguientes palabras de Gwen, deseó haber dicho lo contrario.

—Así que cualquier proyecto que dirija absorberá toda mi atención mientras dure.

Estaba dispuesta a interpretar el papel de la ejecutiva consumada, capaz de renunciar a su vida personal y trabajar noventa horas a la semana. Incluso le hacía ilusión. A Alec se le cayó el alma a los pies. En aquel momento, comprendió que aunque a Gwen le ofrecieran el proyecto y con él, un ascenso y la secretaria que tanto ansiaba, se entregaría en cuerpo y alma a su trabajo. Pese a lo que había afirmado días atrás, no tendría tiempo para ningún tipo de relación y, menos aún, para el matrimonio.

Bueno, si esa era la vida que la haría feliz, dejaría que la tuviera.

—Me voy —le susurró a su abuelo—. Tengo una cita.

Era cierto, pero aunque todavía faltaba una hora para la entrevista, no podía ver lo que Gwen estaba haciendo ni un minuto más. Su abuelo le dio un apretón comprensivo en el brazo. Alec desplegó una media sonrisa y salió por la puerta lateral.

Estupendo. Justo cuando llegaban a lo mejor, Alec se iba. No debía marcharse; ni ella ni su madre habían planeado esa posibilidad. Clavó la mirada en su espalda, confiando en que se diera la vuelta antes de salir por la puerta. No lo hizo.

—Gwen, por lo que a nosotros respecta, el

217

proyecto es tuyo —dijo uno de los peces gordos. Gwen había olvidado cómo se llamaba, pero estaba convencida de que su madre, no—. Ahora, tenemos que hablar de cuándo podrás preparar un informe sobre...

—No. Gracias —añadió.

—¿Cómo? —todo el mundo se la quedó mirando.

—Agradezco su ofrecimiento, pero... —inspiró hondo—. El proyecto en el que voy a trabajar no es de esta compañía.

Se hizo él silencio en la sala. Todas las cabezas se volvieron hacia el abuelo de Alec.

—A mí no me miren. Pero la habría contratado. Es una chica lista.

Gwen le sonrió de oreja a oreja. El señor Hofner carraspeó.

—Gwen, como es lógico, esta nueva responsabilidad llevará consigo un considerable aumento de sueldo.

Ni siquiera se sintió tentada.

—Gracias otra vez, pero no. Nunca pensé que diría esto, pero no se trata de una cuestión de dinero. Voy a trabajar en una compañía en ciernes —era lógico esperar de su madre que ideara la manera de combinar los negocios con el placer. Trabajando con Alec, podría satisfacer su necesidad de logros y de atender al hombre de su vida al mismo tiempo. Lo único que desearía era que el hombre de su vida estuviera presente para oír todo aquello.

—Pero Gwen, no has escuchado nuestra oferta —el señor Hofner seguía atónito.

—Hablando de ofertas... Llego tarde a una entrevista con el dueño.

Al pasar junto al abuelo de Alec, este dijo:

—Corre, pequeña. Camina muy deprisa.

Gwen sonrió y, prácticamente, salió corriendo de la sala. Su madre la interceptó en el pasillo.

—Está abajo, en la entrada, mirando la fuente.

—Gracias, mamá.

¿Desde cuándo eran tan lentos los ascensores? Gwen salió corriendo al vestíbulo y se dirigió a los bancos de piedra que rodeaban el muro de agua, un lugar frecuentado por los trabajadores para tomarse el almuerzo. Por fortuna, no era la hora del almuerzo y Alec estaba solo. Al menos, hasta que Gwen se sentó a su lado.

—Hola.

No la miró.

—¿Conseguiste el ascenso?

—Me lo ofrecieron.

—Enhorabuena.

—Gracias. Fue estupendo; logré mi objetivo. Así que renuncié.

Alec se volvió para mirarla con sorpresa.

—¿Por qué?

—Les dije que iba a trabajar en una compañía en ciernes y en un proyecto sensacional: ejercicios de diez minutos para oficinistas.

Una lenta sonrisa cruzó el rostro de Alec. Al ver que no decía nada, Gwen le dio un codazo.

—Mi madre me ha dicho que debería oír una proposición en este momento y, hasta ahora, ha acertado en to... —antes de que terminara la frase, Alec la había atraído hacia él.

—He intentado encontrar el momento de decirte que te quiero, pero no surgía.

—Este es un buen momento, porque yo también te quiero. Y he dejado mi trabajo, así que estoy dispuesta a considerar otras ofertas.

—Dime que eso significa que te casarás conmigo.

Gwen se apartó.

—¿Me lo estás pidiendo?

—No, te estoy diciendo lo que va a ser.

—Muy bien —pasaría por alto su despotismo por aquella vez. Sobre todo, porque le estaba recordando lo bien que besaba.

Fueron a la mesa de Gwen para empezar a recoger sus cosas y vieron que Suzanne había monopolizado el teléfono y el ordenador.

—Me alegro de que hayáis vuelto. Alec, tengo otro nombre para ti, en caso de que tu cita con Bertie no salga bien —Suzanne arrancó una hoja de papel y se la pasó a Alec —he encontrado a un par de posibles inversionistas para su proyecto —le explicó a Gwen.

Gwen y Alec se miraron a los ojos. Gwen sabía lo que estaba pensando, porque a ella se le había ocurrido lo mismo.

—Oye, Suze, ¿te gustaría trabajar como ayudante en una empresa en ciernes por un sueldo bajo y cero bonificaciones? —le preguntó.

—¿Cómo se llama la compañía?

Alec y Gwen volvieron a mirarse.

—Todavía no lo sabemos —respondió Alec.

—¿Y cuál sería mi trabajo?

—El mismo que ahora, mamá, solo que cobrando.

—Pero no mucho —añadió Alec.

Suzanne se quedó pensativa.

—¿Podría ser la ayudante ejecutiva del presidente y del director general?

—Oye, te haremos vicepresidenta. Los cargos no cuestan nada.

—Entonces, acepto —sonrió a Gwen—. Mírame, he vuelto al mundo laboral.

—Sí. Papá tendría que verte ahora.

La expresión feliz de Suzanne se evaporó, y Gwen podría haberse pellizcado por haber mencionado a su padre.

—La verdad es que me verá —dijo Suzanne—. Va a volver.

—¿En serio?

Al borde de las lágrimas, Suzanne asintió.

—El muy tonto estaba teniendo subidas de tensión y me lo estaba ocultando.

Gwen se aferró al brazo de Alec.

—¿Se pondrá bien?

—Sí. Le han dicho que tiene que reducir el estrés y tomarse las cosas con calma, y pensó que me decepcionaría si no podía trabajar como antes. Así que lo dejó y se fue por su cuenta. ¿Puedes creerlo? —se sorbió las lágrimas.

—Bueno, me alegro de que papá vuelva porque... —Gwen sonrió a Alec y este asintió, ¡Vamos a casarnos!

—¡Bien! —con un cambio drástico de estado emotivo, la madre de Gwen los envolvió a los dos en un abrazo—. Aunque no me sorprende. Está bien, ya basta —los echó de la mesa de Gwen—. Abriré un par de archivos y repasaré mis contactos para ver qué oferta puedo conseguir para una oficina en alquiler. Alec, será mejor que te prepares para tu entrevista. Y Gwen... tenemos que fijar la fecha para la boda.

Gwen no estaba preparada para hablar de bodas con su madre.

—¡Te acompaño! —le dijo a Alec con mirada de pánico, y se dirigieron a los ascensores. Alec pulsó el botón.

—Sabes, Gwen, todavía faltan cuarenta y cinco minutos para la cita.

—¡Estupendo! —se abrieron las puertas del ascensor y entraron en la cabina—. Nos da tiempo a almorzar.

—O no —sin previo aviso, Alec tomó el rostro de Gwen entre las manos y le dio un beso que la dejó sin aliento. ¿Cómo podía haber creído que podría vivir sin aquello? ¿Sin él?

—¿Quién necesita almorzar? —preguntó, y le devolvió el beso.

Epílogo

Gwen no podía creer que se hubiera casado el Día de San Valentín. Apenas se había acostumbrado a la idea de estar prometida con Alec, cuando Suzanne descubrió que, debido a una cancelación, le harían una rebaja considerable en el banquete de bodas si se casaba en San Valentín.

Decidieron aprovechar la ocasión y, en aquellos momentos, menos de dos meses después de que Chelsea le arrojara la falda a Gwen, Gwen se encontraba luciendo un vestido de novia de ensueño junto a su marido en el balcón del hotel Old Bayou Inn, dispuesta a arrojar el ramo y la falda.

—¿A qué esperas? —preguntó Alec—. Me he portado muy bien con todo esto de la boda y ahora, quiero mi recompensa.

—Últimamente has recibido muchas.

—Pero nunca con una mujer casada. Me han dicho que son muy ardientes.

—Solo cuando el hombre apropiado enciende su pasión.

—Deberías ver la cerilla que tengo en el bolsillo. ¡Tira el maldito ramo!

—¡Pero no veo a Kate!

—Pues se quedará sin él —le acarició el cuello con los labios—. ¿Tengo que quedarme yo sin ti?

—¡Alec! Tengo que arrojarle la falda a ella; es su turno.

Gwen recorrió el mar de rostros de mujeres desazonadas que se agolpaban bajo el balcón.

—Podría arrojar el ramo mientras esperamos. Kate no tiene por qué atrapar las dos cosas.

Divisó a Laurie entre la masa.

—¡Ven con mamá! —gritó Laurie. Gwen avistó la mirada atenta de Brian, sonrió y arrojó el ramo a su amiga. Hubo un forcejeo, ya que la lucha por el ramo no era para mujeres tímidas aquellos días, pero Laurie salió victoriosa.

Justo en aquel momento, Gwen vio a Chelsea arrastrando a Kate entre la masa de féminas decepcionadas: Si supieran que era la falda lo que tenía poderes mágicos... Casi mareada de felicidad, y de deseo, ¿por qué no?, Gwen besó a Alec y arrojó la falda a su amiga.

—¡Te toca a ti, Kate!